講談社文庫

上野駅殺人事件

西村京太郎

講談社

上野駅殺人事件　目次

第一章　眠らない駅　7
第二章　犯人像　44
第三章　新たな事件　66
第四章　バイクタウン　91
第五章　移送　128
第六章　三月十四日　178
第七章　新たな要求　217
第八章　偽装の会議　264
第九章　キヨスク　297

解説　郷原 宏　348

上野駅殺人事件

第一章 眠らない駅

1

内勤助役の沼田《ぬまた》は、構内に蛍の光のテープが流れるのを聞きながら、1・2番線ホームに向かって急いだ。

すでに、午前一時である。

北の玄関、上野駅を出発する列車は、零時二二分発の長野行き急行「信州9号」を最後に、すべて出てしまった。

あとは、ここ上野止まりの京浜東北線の終電車があるだけである。

磯子《いそご》発で、一時四分上野着の電車を迎え、乗客をさばいてしまえば、上野駅の一日の業務は、一応終わる。一日といっても、もう日付が変わってしまっているのだが。

沼田を入れて、助役六人、駅員六人、公安官四人が、ホームに出て、最終電車を迎える。

定刻の午前一時四分に、ライトブルーの京浜東北線が到着した。

ドアが開き、乗客がどかどかと降りてくる。

しかし、車内で眠りこけている人もいるし、泥酔《でいすい》して、シートに倒れている人もいる。沼田たちは分散して、各車両に入り、眠っている乗客を起こし、泥酔者を助け起こす。

これが、一苦労だった。今日は、そうでもないが、年末や年始には、酔っ払った乗客にからまれて、往生する。

どうにか、そんな乗客たちが、駅を出て行くと、最後は、上野駅の構内を根城にしているホームレスたちの追い出しである。

上野駅周辺を縄張りにしているホームレスが何人いるか、正確なところは、わからない。

暖かい時期は、二、三十人だが、冬になると、それが百人くらいに増えることだけは確かである。

常連で、沼田が顔を覚えてしまったホームレスも、何人かいる。

公安官と協力して、立ち退かせても、すぐ戻って来てしまう。よほど、彼らにとって、上野という駅は、住み心地がいいらしい。上野駅には、東北からやってくる乗客が多く、そういう人たちは、純朴だから、ホームレスにねだられると、百円、二百円と与えてしまう。それが、あるからかもしれない。

沼田も東北の生まれだから、今日みたいに寒い日に、宿なしの彼らを追い出すのは、可哀そうだという気がしないでもなかった。

しかし、一日一回は、駅を閉めて、明日の準備をしなければならないのである。

ホームレスを、一人ずつ駅の外へ追い出しては、いくつかある乗降口のシャッターを閉めていく。

これが、いつも、二、三十分かかってしまうのだ。

最後に、浅草口出口のところへ来て、駅員の一人が、そこに寝ているホームレスを引っ張ろうとして、

「様子が変です！」

と、沼田を呼んだ。

五十歳ぐらいのホームレスで、勝ちゃんと呼ばれている男だった。

なぜ、勝ちゃんなのか、沼田にもわからない。おとなしい男で、ときどき待合室の

客に、小銭をねだり、それで、自動販売機の酒を買って飲んでいた。相手が小銭をくれなくても、べつに怒ったりはしない男だった。

「どう変なんだ？」

と、沼田がきいた。

「死んでるみたいなんです」

若い駅員がいう。

沼田は、屈《かが》み込んで、勝ちゃんの顔をのぞき込んだ。

ぷーんと、ホームレス特有の異臭が匂ってくる。

眼は開いているが、瞳孔《どうこう》が動かなくなっていた。手首に触れてみたが、脈も消えている。

同じ内勤助役の鈴木《すずき》が寄って来て、

「死んだのか？」

「そうらしい。とにかく、病院へ運んで、診《み》てもらおう」

と、沼田はいった。

上野駅には旅行者援護《えんご》所があり、職員一名と看護婦がいるが、ここは午後八時で閉まってしまう。

上野駅で病人などが出た場合は、最寄《もよ》りの病院に運ばれる。

沼田は、救急車に来てもらって、勝ちゃんをK病院へ運んでもらった。

救急車が走り去るのを見送ってから、浅草口出口のシャッターを降ろした。

いつもより、五分ほど遅くなって、午前一時五十六分である。

これから、午前四時にシャッターを開けるまで、表面上は、上野駅は眠りにつく。

わずか二時間の眠りである。

しかし、本当に眠ったわけではない。

沼田は、内勤助役室で、もう一人の助役と、当直である。

また、現在、上野駅は、上越・東北新幹線のための地下駅を建設中なので、それに必要な資材の運び込みも、四時までに行なわれることがある。そのときには、駅員が、また、シャッターを開けなければならない。

沼田は、営業係がまとめた昨日一日の営業成績表に眼を通す。

上野駅の一日の乗降客は三十一万人。乗換え客が一日四十五万人。合計七十六万人が、上野駅を利用している。

このところ、一日の収入は、九千四、五百万円である。新幹線が発着するようになれば、飛躍的に伸びるだろうと、沼田は期待していた。

二時を過ぎたとき、電話が入った。

ホームレスの勝ちゃんを運んだ浅草《あさくさ》雷門《かみなりもん》のK病院からだった。

仁科《にしな》という当直の医師は、緊張した声で、

「さっき、運ばれて来た患者ですがね。どうやら、青酸中毒死のようですよ」

と、いった。

2

「本当ですか？」

沼田は、すぐには信じられなくて、きき返した。

冬に入ってから、ホームレスが一人死んでいたが、それは肺炎だった。

「解剖すれば、はっきりすると思いますがね。死斑《しはん》や匂いから、青酸中毒に間違いないと思います。一応、警察に連絡しておきたいんですが、かまいませんか？」

と、仁科がきいた。

「ええ。連絡しておいてください」

沼田はそういって、電話を切ったが、首をかしげてしまった。

鈴木助役が、「どうしたんだい？」と、声をかけてきた。

二人とも、四十六歳で、同じ年に国鉄に入っていた。

「さっき病院へ運んだ勝ちゃんは、青酸中毒死だというんだ」

「青酸？　じゃあ、自殺したのか？」

「自殺はしないだろう。けっこうホームレスの生活を、楽しんでいたからね」

「すると、他殺かい？」

「いや。それも違うなあ。勝ちゃんを殺したって、トクする人間がいるとは、思えないからね」

と、沼田はいった。

わからないままに、沼田は、日誌に書きつけた。

〈浅草口出口付近で、ホームレスの一人（通称勝ちゃん）が死亡。運んだK病院の仁科医師は、青酸中毒死と診断。病院より警察へ通報した〉

午前四時。

上野駅は、眠らないままに朝を迎え、動き始めた。

沼田は、若い駅員と一緒に、まず正面玄関のシャッターを開けた。

同時に、二、三十人の客が、どっとなだれ込んで来た。

普通の駅なら、始発電車に乗る客なのだが、上野駅は違っている。

上野駅の始発電車は、午前四時三〇分発の大宮《おおみや》行きの京浜東北線の電車である。これは、一時四分に着いた終電車である。シャッターを開けると同時に入って来た二、三十人の中で、この始発電車に乗るのは、せいぜい一人か二人で、あとは追い出したはずのホームレスや、昨夜から朝まで飲んでいた酔っ払いである。そんなところも、上野駅なのかもしれない。

午前八時を過ぎて、警視庁の刑事二人が、沼田に会いに来た。

一人は、四十歳ぐらいの十津川《とつがわ》という捜査一課の警部で、もう一人は、少し年長に見える亀井《かめい》という刑事だった。

「今、雷門のK病院へ寄って来たところです」

と、十津川がいった。

「あのホームレスのことですね」

「そうです。胃の中を調べてもらいましたが、やはり、青酸中毒死だとわかりました。アルコールも検出されていますから、酒に青酸を入れて、飲んだものと思われますね」

「自殺ですか？　それとも――」

「自殺ということは、まず考えられませんね。おそらく他殺です。酒に青酸を混入しておいて、飲ませたんです」

と、十津川がいう。

沼田は、眉《まゆ》を寄せて、

「しかし、誰が彼を殺すんですか？　こんなことをいうと、差別みたいに聞こえるかもしれませんが、ホームレスを殺す必要のある人が、いますかね？」

と、きいた。

十津川は、その質問には答えずに、

「被害者は、勝ちゃんと呼ばれていたそうですね？」

「ええ。なぜ勝ちゃんなのかは知りません。ここでは古顔で、五、六年前から、来ていましたよ」

「暴れるほうでしたか？」

「いえ、おとなしいほうでした。お酒が好きで、ときどき乗客から、百円、二百円ともらって飲んでいましたが、飲むと、待合室で寝てしまうほうでした」

「話をしたことはありませんか？」

「ときどき、名前はとか、どこの生まれなのかと、きいたりしましたが、何をきいても、ニヤニヤ笑ってるだけでしたね。とぼけていたのか、それとも頭がおかしくなっていたのか、私にもわかりませんよ」

「被害者は、駅のどこで、死んでいたんですか？」

今度は、亀井刑事がきいた。

沼田は、二人の刑事を現場に案内した。

昭和七年に完成した現在の上野駅は、将来は、地上十何階という駅ビルになるだろうが、今は、ところどころ修理した、古めかしい建物である。

中央コンコース（中央広場というい方のほうが、上野駅には似合っているのだが）から、浅草口出口への通路も、ところどころ補修されたり、ペンキが塗られたりしている。

太い支柱が突き出ているところは、横のコンクリートの梁《はり》も低くなっていて、ちょっと背の高い人間だと、頭をぶつけてしまう。そのために、危険を示す黄色と黒の縞模様に塗られている。

国鉄の主要駅で、天井の梁に、こんな塗装がされているのは、上野駅だけではないだろうか。

沼田は、その太い支柱の根元を指さした。

床はしめっぽいリノリウムで、照明がうす暗い。

「ここに倒れていたんです」

と、沼田はいった。

列車が到着したのか、乗客がだらだらと、沼田や十津川たちの横を通り過ぎていく。

彼らの会話の中に、東北の訛《なま》りが入っていたり、「兄《あん》ちゃん――」といった声が聞こえるのは、いかにも上野である。

「ひとりで、倒れていたんですか？」

十津川が、周囲を見廻しながらきいた。

頭上の梁が低いので、どうしても屈み込むような姿勢になってしまう。

「そうです。われわれが見つけたときは、ひとりで倒れていましたね」

「被害者の勝ちゃんは、ここでは古顔だといっていましたね」

「そうです。私が知ってから、五、六年になります」

「いつも、この柱のところにいるんですか？」

「いや、彼がいつもいるところは、中央コンコースにある待合室です。ホームレスというのは、だいたい、居場所が決まっているものです」

「上野署で聞いたんですが、ホームレスの中にボスがいて、この駅の中で、場所代《しょば》を取っているということですが、事実ですか？」

「そういう話は聞いていますが、この駅で現場を見たことはありません」

「死体の傍《そば》に、ウイスキーのびんとか酒のカップは、落ちていませんでしたか？」

亀井刑事がきいた。

沼田は、当惑して、

「青酸中毒だと知っていれば、この辺りを探してみたんですが、最初は、変死とばかり思ったものですから」

「じゃあ、勝ちゃんが、よくいたという待合室に案内してくれませんか」

と、十津川がいった。

3

もっとも上野駅らしい場所といえば、中央コンコースから、中央改札口にかけてだろう。

鉄道マニアに人気があるのも、中央改札口である。

国鉄では、この中央改札口から入るホームを、地平ホームと呼んでいる。妙な名称だが、普通のホームのように、階段を上り下りして出て行くわけではなく、改札口と同じ平面に並ぶホームという意味である。

この地平ホームは、13番線から20番線まであったのだが、現在、19・20番線がこわされ、その地下で、新幹線駅の建設が行なわれている。

それでも、13番から18番まで、ずらりとホームが並列されているところは壮観だし、そのすべての線が、ここを終着駅にしているというのは、上野駅だけである。

外国の終着駅に、いちばん似ているともいわれている。

もう一つ、上野駅の中央改札口で目立つのは、サービスボードと呼ばれる行き先案内札である。

ほとんどの主要駅が、列車の行き先は、電光掲示板で知らせているが、上野駅は、いまだに、札を改札口の頭上に掲げている。その列車が出発してしまうと、札を外し、次の列車の札をかける。

これが、鉄道マニアには人気があり、ときどき盗まれることがあって、沼田たちを悩ませていた。遠からず、このサービスボードがなくなるので、いっそう人気が出そうである。

沼田にとって、いちばん辛いのは、この駅の待合室の汚なさと狭さだった。

乗客のために、もっと広くて、快適な待合室が欲しいのだが、予算の都合で、それができない。

上野駅の古めかしさは、情緒があって好きだという人が多いし、沼田も好きである。ただ、待合室だけは、もっと明るく、近代化してほしいと思う。どの待合室も、どこか、寒々としているからである。

中央コンコースを、浅草口から入って突き当たったところに、よく待ち合わせの目印となる、翼の像が立っている。

昭和三十三年十月に、上野駅の開業七十五周年と、特急「はつかり」の運転開始を記念して、亡くなった彫刻家の朝倉文夫《あさくらふみお》が制作したもので、乙女が大きく手を広げている像である。

このほか、中央コンコースには、ジャイアントパンダの像があって、こちらも、デイトの目印によく使われている。

問題の待合室に入った。

板囲いされた狭い待合室で、いつも満員である。

奥には、広い待合室があるのだが、こちらの狭い待合室が混むのは、みどりの窓口にも、中央改札口にも近いからだろう。

沼田が十津川と亀井を案内したときも、二、三人が座れずにいた。

「いつも、いちばん奥の椅子に座っていましてね」

と、沼田はいった。

「ここにいた被害者が、浅草口出口近くで死んでいたというのは、自分で動いたと考えていいですかね？」

と、亀井がきく。

「ホームレスは、毎日、駅の構内から追い出します。ですから、彼もこの待合室を追われて、あそこまで歩いて行ったんだと思いますね。多分、あの柱のかげに腰を下ろして、青酸入りの酒を飲んだんじゃありませんか」

「ホームレスに、酒を飲ませるような客は、よくいるんですか？」

「ホームレスがねだれば、この駅にやって来る乗客は、人がいいですからね。金を与えたり、自分が飲んでいる酒を分けてやったりします」

「そうでしょうね」

亀井が肯《うなず》いた。声に、東北の訛りが感じられた。

「亀井さんも、東北の方ですか？」

と、きいてみると、亀井は急に人の好さそうな眼つきになって、

「実は、そうなんです。だから、上野駅が好きでしてね」

と、いった。

4

二人の刑事が帰ってしまうと、沼田は、また元の仕事に戻った。

午前九時には、他の助役に仕事の引き継ぎをすませ、帰宅した。

上野駅は、二十四時間勤務ということになっている。眠らない駅なのだ。

テレビで、上野駅で、ホームレスが青酸中毒死したことを、報道したが、扱いは小さかった。

身元不明のホームレスのせいだろうし、なぜ死んだか、その理由が、つかみにくかったからでもあるだろう。自殺はちょっと考えられないし、殺人となると、動機がわからない。

二十四時間休んで、沼田は、再び、内勤助役としての勤務についた。

午後七時を過ぎると、上野駅は、夜のゴールデンタイムを迎える。

地平ホームから、次々に、列車が出発するからである。

特に、寝台特急《ブルートレイン》が、赤いテールランプをにじませて出て行くときは、いかにもターミナル駅の雰囲気を、かもし出す。

そんなときに、沼田は広小路《ひろこうじ》口の待合室で、ホームレスが倒れたという報告を受けて、内勤助役室を飛び出した。

ここの待合室は、上野駅の待合室の中でも、いちばん寂しく、寒々とした待合室といわれていた。

椅子が置いてなければ、コインロッカーのコーナーとしか見えないだろう。

天井には、むき出しの鉄骨が見え、合成樹脂の椅子が、コンクリートの床に並んでいる。

コインロッカーが、壁にずらりと並んでいるので、落ち着けない待合室である。

沼田が飛び込んだとき、五十二、三歳のホームレスが床に転がって、血を吐いていた。

そこにいた人たちは、呆然《ぼうぜん》として見守っている。

「救急車を呼べ！」

と、沼田は、一緒に来た若い駅員にいった。

その駅員が、電話をかけている間、沼田は、屈み込んで、

「大丈夫か？」

と、ホームレスに、声をかけた。

ホームレスとしては、服装のいいほうで、地見屋《じみ》と呼ばれる人間の一人で、通称「花巻《はなまき》」だった。

上野駅の構内を歩き廻って、落ちている金を拾って、ふところに入れてしまう。ときには、列車が上野駅に着くと、車内に入って行って、駅弁などを拾ってくることもある。彼らは地見屋と呼ばれていて、現在、上野駅には、三人いた。今、血を吐いて倒れているのは、その中の一人だった。

沼田も、名前は知らなかった。が、乗客に迷惑をかけることはなかった男である。

「おい。大丈夫か？」

と、もう一度、声をかけたが、返事はなかった。

身体をゆすってみたが、反応がなくなってしまっている。

若い駅員が戻って来た。

「救急車が、すぐ来ます」

「警察にも電話してくれ」

と、沼田はいった。

救急車とパトカーが、ほとんど同時に到着した。

駈けつけた刑事の中には、先日の十津川警部と亀井刑事の顔もあった。

上野警察署に設けられた「上野駅構内殺人事件捜査本部」から、駈けつけたのだ。

救急車でやって来た救急隊員は、倒れて動かない男の脈を診て、首を横に振った。

「死んでいますか？」

と、十津川が、救急隊員にきいた。

隊員は、今度は、男の胸に耳を押しつけて、心臓の鼓動を聴いていたが、

「どうも、事切れているようですね」

と、いった。

十津川は、沼田に眼を向けた。

「何があったんですか？」

と、きいた。

「この待合室で、人が倒れてると聞いて、あわてて駈けつけたら、血を吐いていたん

です」

沼田が説明している間に、男は、救急車に運ばれて行った。

「やはり、ホームレスですか？」

「正確にいうと、地見屋です」

沼田は、地見屋の説明をした。

十津川は、微笑して、

「ここには、面白い人間が、いるんですね」

「似たようなので、ひろい屋というのもいますよ。地見屋とひろい屋では、ほとんど違いがありません」

「ほかの客に迷惑をかけるというようなことは？」

「五、六十歳の連中は、おとなしいですが、若い奴の中には、自動販売機の傍に立っていましてね。客が百円玉を入れようとして、うっかり落としてしまったりすると、素早く拾って、猫ばばしてしまうんです。ときどき、駅のほうに文句が来ますよ」

「そんなときは、どうするんです？」

「公安室で扱うんですが、それが、たいてい水かけ論になってしまうんですよ。お金には、持ち主の名前が書いてあるわけじゃありませんからね」

「なるほど、ほかには、どんな人間がこの上野駅には、いるんですか？」

「そうですね。手配師が、十人ほど、うろついていますよ」

沼田が答えると、十津川は、びっくりした顔で、

「手配師がいるのは、山谷《さんや》じゃないんですか？」

「ここにもいるんです。なにしろ、上野駅は、家出人が多く来る駅ですからね。昔は、上野職安の出張所があったんです。日本の駅の中で、職安があったのは、上野だけでしょう。そんな具合なので、手配師も集まってくるんです」

「家出人は、どのくらいですか？」

「普通は、一日一人ですが、年末から春にかけては、一日二人平均になります。昨日、私は休みだったんですが、十七歳の男の子を、一人、保護して、親元に帰したそうです」

沼田がいったとき、駅員の一人が、四十歳くらいの女性を連れて、やって来た。

「この人が、男の倒れるところを、見ていたそうです」

と、若い駅員がいった。

着物姿の、いかにも下町の商店のおかみさんという感じの女性だった。

「あたしね。ここで、田舎から来る甥《おい》を待ってたんですよ」

と、彼女は、歯切れのいい口調でいった。

「それで、見たままを、話してくれませんか」

沼田が、頼んだ。十津川警部も、傍で、じっと彼女を見ている。

「あの奥の太い柱のかげから、ふらふらして、男の人が出て来たんですよ。両手で、自分の胸を掻《か》きむしるようにして。あたしが、どうしたのって、声をかけたら、コンクリートの上に倒れちゃって。それで、びっくりして、待合室の外にいた駅員さんに知らせたんですよ」

「そのとき、柱のかげに、ほかに誰かいませんでしたか？」

と、きいたのは、十津川警部だった。

「そうね。柱のかげにいたのかどうかわからないけど、黒っぽいコートを着た男の人が、すっと待合室を出て行きましたよ。みんな驚いて、倒れた人を見てるのに、変な人だなと思いましたね」

「どんな男でした？」

沼田がきく。

「後ろ姿だったから、顔はわかりませんよ。それに、あたしは、駅員さんに知らせようとしていたしね」

「背の高さは、どのくらいですか？」

「あなたは？」

「百七十センチです」

「あなたと、同じくらいだったと思いますよ」

「年齢は？」

「さあ、三十前後の感じだったけど、顔は見てないから、はっきりしたことは、わかりませんよ」

「頭の恰好《かっこう》は、覚えていませんか？」

十津川がきく。

「そこまで、見てませんでしたよ」

と、女はいってから、腕時計に眼をやって、

「甥の乗った汽車が、そろそろ着くので、ごめんなさいね」

「あなたの名前と住所を、教えてください」

「田原町《たわらまち》の菊乃《きくの》っていえば、わかりますよ。焼鳥屋やってるの。名前は、山下《やました》としえ」

「その店の〝おかみさん〟ですか？」

「ええ、そう。ごひいきにね」

と、ニコッと笑ってから、中央改札口のほうへ、小走りに消えてしまった。

5

「菊乃という店なら、知っていますよ」

沼田は、十津川にいった。

「元気のいいおかみさんですね」

「安くて、美味《おい》しい店です。おかみさんに会ったのは初めてです」

「黒いコートの男か」

十津川が呟《つぶや》いている。

「その男が、殺したと思いますか？」

沼田は、きいてみた。

「わかりませんね。しかし、さっき死体を見たところでは、青酸中毒死の感じでしたからね」

「先日のホームレスと、同じ死に方というわけですか？」

「多分、そうでしょう。救急車が運んだ病院は、雷門のＫ病院でしたね？」

「そうです。この駅の構内で、病人や怪我人が出たときは、だいたい、Ｋ病院に運びます。聞いてきましょう」

沼田は内勤助役室に戻って、Ｋ病院に電話をかけた。

先日と同じ仁科医師が、電話口に出た。

「上野駅は、どうなったんです？　ホームレスを皆殺しにする気なんですか？　青酸カリで」

仁科は、冗談めかしていった。

沼田は、笑う気になれず、重い気持ちで、

「やはり、今度も、青酸ですか？」

「そうです。先日の患者の胃の中からは、日本酒と青酸が検出されましたが、今度も、まったく同じだろうと思いますよ。いったい、どうなってるんですか？」

「私にも、よくわかりません」

と、沼田はいい、礼をいって、電話を切った。

待合室に戻ると、刑事たちは、屑籠《くずかご》や床に落ちている紙コップや、ウイスキーのびんなどを集めていた。

沼田は、医師の言葉を、そのまま十津川に伝えた。

十津川は、黙って聞いていたが、

「沼田さんは、ホームレス、いや片方は地見屋でしたか。そういう人間が、続けて自殺すると思いますか？」

「いや、思いません」

「そうでしょうね。すると、何者かが、三日間に、二人の人間を、上野駅の構内で殺したことになる」

「何のために、そんなことを？」

「私にも、わかりません。一つだけ考えられるのは、殺された二人が、いわば、この上野駅にとっては、余計者だったということです。そのために、殺されたのではないか。彼らをどうにかしろという声はあるんでしょう？」

「ありますよ。手紙や電話で、目障りだから、どうにかしろといって来る人がいます」

と、沼田はいった。

「東京都に、収容施設があるはずですね」

「ええ。ときどきそこへ収容するんですが、すぐまた戻って来てしまうんですよ。そのうちの何人かとは、もう顔見知りです」

「よほど、この駅が、気に入ってるんですね」

「気に入られても、困るんですがね」

と、沼田は、苦笑した。

彼らの一人と沼田は、話をしたことがある。

もう六十歳になるホームレスだった。

十五年前に、東北から出稼ぎに来て、必死に働いた。故郷には妻子がいる。百万円貯めて、いよいよ故郷へ帰ろうとしたとき、その百万円を盗まれてしまった。以来、何もかも空《むな》しくなって、ホームレスの仲間入りをしたという。

北上《きたかみ》と呼ばれている老人だった。それが名前ではなく、北上から来たというからである。

「上野の駅に来ると、気持ちが落ち着くんだア」

と、北上老人は、沼田にいった。

もう、故郷へは帰らないといいながら、上野駅へ来ると、故郷とつながっているような気がするのだともいう。

「早くいなくなってほしいのですが、だからといって、殺す奴は許せませんよ」

と、沼田はいった。

6

十津川たちが引き揚げたあと、沼田は、事件を駅長に報告した。

駅長室は、内勤助役室（駅長事務室）の隣りにある。

堀井《ほりい》という今の駅長は、小太りで、柔和な感じを与えるが、安易に妥協しない、頑固なところも持ち合わせていた。

「警察は、どう見ているのかね？」

と、堀井は、沼田にきいた。

「これは、十津川という警部が、冗談めかしていったんですが、ホームレスたちを、早く何とかしろと文句をいっていた人間が、とうとうしびれを切らして、一人一人、始末しようとしているのかもしれないと。もちろん、そんなことはないと思いますが」

「しかし、形としては、そうなっているんじゃないかな」

「そうですね。犯人は、ホームレスと地見屋を殺しました。金目当てでないことだけは確かです。といって、二人に個人的な恨みがあるとも思えません。残るのは、目障りだから殺したということぐらいですが」

「今、何人くらいいるのかね？」

「日によって違いますが、今は、寒い日が続いているので増えています。五、六十人から、多いときは百人近くになることもあります」

「百人ねえ」

と、堀井は、腕を組んで、

「それに、何かをもらい慣れているんだろう？」

「そうです。上野の乗客は、人がいいですから、彼らがねだれば、たいてい、小銭や駅弁や酒をやります。だから、彼らのほうでも、もらい慣れるんです」

「犯人が、青酸の入った酒をすすめれば、喜んで飲むことになるんだな」

「そうです」

「対策を考える必要があるね。殺されるのを、黙って見ていることはできない。午後一時に、ここに、首席の細木《ほそき》君にも来てもらおう。それから、公安室長もだ。君から伝えておいてくれないか」

「わかりました」

と、沼田はいった。

その足で、浅草口にある上野中央鉄道公安室に向かった。

ここには、八十八名の鉄道公安官がいる。

公安室長の山崎《やまざき》は、沼田と同期に国鉄に入った男である。公安官は、その服装から警察官と見られがちだが、実際は国鉄職員である。

公安室では、十七、八の若い娘が、年配の公安官にお説教されていた。

「家出かい？」

と、沼田は、山崎にきいてみた。

「ああ、八戸《はちのへ》から出て来たらしいんだよ。東京に親戚があるといってるが、どうも嘘らしい」

山崎は、腹立たしげにいった。

なかなかきれいな娘である。昔は、家出娘というと、すぐ服装でわかったものだが、最近は、どんな辺地の娘でも、都会人と同じ服装をしている。何十万という大金を持って、家出してくる少女もいる。

「名前や住所は、わからないのか？」

「わかったのは、八戸だけだ。これだけは、本当らしい。そんなに東京がいいのかねえ」

「あの顔つきだと、相当、気が強いらしいから、てこずるよ」

と、沼田は笑っていい、午後一時に、会議がある旨を伝えた。

「例のホームレス殺しか」

と、山崎がいった。

「そうだよ。ホームレスが、二人も、殺されたんだ。犯人から、どうやって彼らを守るかが、問題だよ」

沼田は、そういって、公安室を出たが、出しなに、もう一度、家出娘に眼をやった。

沼田は、何人の家出人を見たろうか。

説得すると、おとなしく郷里に帰る者もいれば、何回も上京して来る少年もいた。うまく東京で就職できた者もいるし、消息を絶ってしまった者もいる。若者が多いだけに、他人事《ひとごと》とは思えないのは、沼田には、高二になった娘がいるからである。

今日の娘は、いかにも気が強そうな顔をしている。いくら送り返しても、また上京して来る口だろう。

昼食のあと、午後一時から、駅長室で、対策会議が開かれた。

駅長の堀井、首席助役の細木、公安室長の山崎、それに、沼田の四人である。

首席の細木は、才気あふれる感じの男で、温厚な堀井駅長とは、絶妙なコンビだといわれている。

まず、堀井駅長が口を開いて、

「ホームレスや地見屋は、上野駅にとって、好ましからざる居住者だが、だからといって、次々に殺されるのを黙認することはできない。警察は警察で、犯人捜査をすすめるだろうが、われわれも上野駅の管理者として、彼らを守る責任がある。君たちの意見を聞きたい」

「二つの考えがあると思います」

と、細木首席がいった。

「それを聞きたいね」

「一つは、これを機会に、ホームレス全員を強制的に、都の施設に収容してしまうことです。駅はきれいになるし、あとは警察に委《まか》せればいいわけです」

「うまくいくかね？」

「事情が事情ですから、都のほうも協力してくれると思います」

「しかし、すぐ戻って来ますよ」

と、沼田が、口を挟んだ。

これは、常に、いたちごっこなのだ。

細木首席は、べつに逆らわずに、

「その恐れは、ありますね。だが、一時的には、彼らの生命を守れます」

「もう一つのやり方も、聞こうか」

と、堀井がいった。

「平凡ですが、現状のままで、警戒する方法です。幸い、この犯人は、相手を刺したりはしていません。青酸カリをアルコールに入れて、飲ませる方法をとっています。そこで彼らに、飲まないように注意することが必要だと思いますね。それから、われわれで、彼らに酒を飲ませようとする人間を、見つけることです」

「公安室長としては、どうだね？」

堀井が、山崎に意見を求めた。

山崎は、直接、ホームレスの取締まりにあたっているだけに、首をかしげて、

「確かに、首席のいわれるとおりですが、効果という点になると、疑問がありますね。連中は、てんでんばらばらで、いくら酒をもらって飲むなと注意しても、いうことを聞かないと思いますね。われわれのいうことを聞くような連中ならば、今まで

に、どうにかなっていますよ」

「すると、平凡だが、ひんぱんに構内を見廻るより仕方がないのかね？」

堀井がきくと、山崎は、顔を突き出すようにして、

「この際、強制的に連中を、施設に収容してしまったらいいと思いますね。生命を守るという大義名分もあるわけですから」

「細木君の第一の考えに、賛成なわけだね？」

「そうです。もちろん、都のほうと協議しなければなりませんが」

「うーん」

と、堀井は考え込んでいたが、沼田のほうを見て、

「君は、一言もいっていないが、君は、賛成かね？」

と、きいた。

沼田は、ちょっと考えてから、

「確かに、この寒さですから、彼らのためにも施設に収容するのが、いちばんいいと思います。しかし、彼らは敏感ですからね。たちまち逃げてしまうと思うのです。上野公園とか、浅草寺《せんそうじ》周辺とか、ばらばらに住みつくことになります。犯人が、それで殺しをやめればいいんですが、あくまで続行するとなると、今度は、防ぐのが難しく

なると思うのですよ」

「しかし、われわれの責任じゃなくなるよ」

山崎が、ずばりといった。

冷たいいい方だが、確かに、彼のいうとおりなのだ。

ここにいるホームレスたちは、上野駅が来てくれといったものではない。勝手に入り込んでいる連中が殺されるからといって、それを守る責任を負わされてはかなわないという気持ちがあっても、仕方がないだろう。

堀井は、おだやかに、

「とにかく、都のほうに連絡して、相談してみてくれないか。いくら、こちらがあれこれ考えても、向こうに収容能力がなければ、どうしようもないからね」

と、いった。

細木首席が、すぐ、電話で連絡をとった。が、駅長の危惧《きぐ》が当たっていたことが、わかった。

山谷で凍死者が出たので、山谷や隅田公園周辺の収容に忙しくて、上野駅まで手が廻らないという返事があったからである。

「仕方がないな」

と、堀井は、決断を下した。

「われわれで注意して、三人目の犠牲者が出ないように、努めよう」

それで、はたして防げるだろうかと、沼田は、不安を感じていた。

上野駅の構内の総面積は、二十万平方メートルを超す。しかも、今度の大戦中、空襲で、駅の設計図が焼失してしまい、利用した者ならわかるが、次々に改築が行なわれたので、通路などが迷路のように入りくんでいる。

沼田でも、地下道などに入ると、ときには迷ってしまうことがある。

しかも、現在、新幹線ホームの建設中である。

ホームレスは、どこへでも入り込むから、その一人一人をガードすることは難しいだろう。

上野駅の駅員は、現在、堀井駅長以下、助役三十名など、合計五百四十名いるが、純粋に構内指導係となると、たった二名しかいない。

公安官は、八十八名いても、構内だけを見張ればいいわけではない。ホームや車内の警備にも、あたらなければならないのだ。特に、車内暴力が問題化してからは、公安官が、電車内にも乗り込む必要が生まれてきていた。

担当区域も、上野駅だけでなく、東北本線は秋葉原《あきはばら》から赤羽《あかばね》、常磐線《じょうばんせん》は日暮里《にっぽり》から取手《とりで》、山手線は田端《たばた》から池袋、赤羽線は全線に及んでいるのである。

この状態で、はたして第三の殺人が防げるだろうか？

第二章　犯人像

1

捜査本部の置かれた上野警察署は、上野公園の近くにある。

公園の中には、科学博物館があり、前の通りを左に歩いて行けば、国立博物館や上野動物園も間近である。

まだ、桜には間があるが、風が冷たいのさえ気にしなければ、いい散歩道だった。

十津川は、考えをまとめるために、亀井と、ゆっくりとその道を歩いた。

「犯人の狙いが、どうもわからないんだ」

と、十津川は、歩きながら、亀井にいった。

「第二の事件の解剖結果は、わかったんですか？」

「さっき、雷門のK病院から電話があったよ。青酸中毒死だが、面白いこともわかったよ」

「どんなことですか？」

「最初の殺人のとき、被害者の胃の中から検出されたのは、青酸カリと日本酒だった。今度は、それが、ウイスキーになっているというのさ」

「勘ぐれば、犯人は、青酸をいろいろなものに入れて、試しているということになりますか」

「ひょっとすると、青酸の量も、少しずつ変えたかもしれないね」

「青酸を、何に混ぜたら、相手が疑わずに飲むか、量はどのくらい必要かを、上野駅のホームレスをモルモットにして、調べているんですかね？」

「かもしれないし、ホームレスを殺すこと自体が、目的なのかもしれない。そこを知りたいんだがね」

「今、上野駅には、日下《くさか》刑事たちが？」

「ああ。国鉄のほうも、公安官たちが、駅構内を監視しているようだ。われわれも行ってみよう」

十津川は、くるりと向きを変え、上野駅に向かって、亀井と歩き出した。

亀井を、上野駅の公園口から駅に入らせ、十津川自身は、駅に沿って、だらだら坂を下りて行った。

上野駅の周辺を、見ておきたかったからである。

公園口坂下に出るこの坂道を、十津川は、学生時代、何度か歩いたことがあった。都立美術館や西洋美術館に行ったときである。

あのときも、崩れかけた崖が汚なかったが、今も、それは変わっていなかった。

坂を下りきったところが、駅側は新聞や小荷物の集配所になっていて、トラックが出入りしている。

反対側は、映画館やレストランが並んでいた。

十津川が下りて来た道は、浅草通りにぶつかる。

浅草通りを突っ切ると、アメ横である。

左に折れて、上野駅の広小路口に行こうとしたとき、右手の映画館のほうから、甲《かん》高《だか》い悲鳴が聞こえた。

2

十津川は、反射的に、悲鳴の聞こえた方角に向かって、駈け出した。
二つ並んだ映画館の手前のほうである。
近くには、土産物店などもあって、昼間だが通行人が多い。
京成電鉄の上野駅もあるし、西郷さんの銅像もある。
映画館の前に、人が集まっていた。
十津川は、その人垣をかきわけて、のぞき込んだ。
ひと目で、ホームレスとわかる恰好の中年の男が、歩道に倒れて、もがいていた。
両脚を折り曲げ、身体全体を小きざみに、けいれんさせている。
垢《あか》のたまった指が、胸をかきむしっていた。
十津川は、野次馬に警察手帳を見せ、
「誰か、救急車を呼んでください！」
と、怒鳴った。
十津川は、膝をつき、男の身体を抱き起こした。

「どうしたんだ？　誰にやられた？」

と、相手の耳に口を寄せて、大声できいた。

だが、男には、もう十津川の声は聞こえないようだった。

けいれんも、止まってしまった。

十津川は、男の身体を、そっと下におろし、改めて周囲を見廻した。

近くに、オレンジジュースのびんが転がっているのが、眼に止まった。まだ、底のほうに少し残っている。

十津川は、ハンカチでそのびんをくるんで、ポケットに入れた。

(今度は、オレンジジュースか)

と、思った。

近くの交番から、若い警官が駈けつけてきた。

十津川は、その警官に、駅へ行って、亀井刑事を呼んで来てくれるように頼んだ。

救急車が先に来た。

すでに、死体となってしまったホームレスをのせているうちに、亀井がやって来た。

亀井は、蒼《あお》い顔で、

「今度は、駅の外ですか」

「私は、救急車で、病院まで行って来るから、カメさんは、この辺りの聞き込みをやってくれないか。誰か、目撃者がいるかもしれない。ホームレスに、オレンジジュースのびんを渡している人間をね」

十津川は、それを頼んでから、自分は、救急車に乗り込んだ。

救急車は、前の二回と同じ、浅草雷門のK病院に急いだ。

K病院は、鉄筋四階建ての総合病院である。

ここで、十津川は、仁科という医師と、初めて会った。電話では、四十二、三歳の感じだったのだが、実物は、三十代の、冗談好きの青年医師だった。

「このぶんでいくと、上野のホームレスは、一人もいなくなるんじゃありませんか」

と、仁科は、いった。

「やはり、この男も、青酸中毒死ですか？」

「間違いなくね。前の二人と、まったく同じ症状を見せていますからね」

「それでは、この中に、青酸が混入してないか、調べてくれませんか」

十津川は、ポケットから、オレンジジュースのびんを取り出した。指紋の検出があるので、看護婦にビーカーを持って来てもらい、その中にジュースを入れて、仁科に渡した。

待合室で待っていると、仁科が、その結果を知らせてくれた。

やはり、青酸が混入されていたといった。

「変わった犯人ですね。一回目は日本酒、次はウイスキー、そして、今度はオレンジジュース。いったい、何を考えているんですかね？」

仁科は、肩をすくめるようにしていった。

「それは、私も知りたいんですよ」

十津川は、捜査本部に戻った。亀井は、先に帰っていた。

「どうだったね？」

と、十津川がきくと、亀井は、

「犯人の目撃者は、いませんでした。が、ホームレスが、オレンジジュースのびんを持って、上野公園のほうから歩いて来るのを見た人は、何人かいました」

「上野公園のほうというと、西郷さんの銅像のあるほうかね？」

「そうです」

と、亀井は、上野駅周辺の地図を広げて、

「この石段を降りて、浅草通りに出て、それから、あの映画館の前まで歩いて来たようです。立ち止まって、ジュースを飲んでいて、突然、倒れたということのようです」

上野公園の入口近くに、西郷さんの銅像がある。そこから石段を降りると、京成電車の上野駅の入口に出る。

浅草通りに面した歩道である。それを逆に行ったところが、現場だった。

「すると、公園の中で、犯人は、青酸入りのオレンジジュースを渡したということか」

上野公園は広い。人目につかない物かげも、いくらでもあるだろう。ここでホームレスに手渡したとすると、犯人を見た者は、いないかもしれない。

十津川は、問題のジュースのびんを、鑑識に廻してくれるように頼んだ。

犯人の指紋が検出できるとは思っていなかった。今は冬である。手袋をしていても、誰も怪しまない季節なのだ。きっと犯人は、手袋をはめていたろう。

「きっと、新聞が派手に書き立てますよ」

と、亀井がいった。

新聞各紙は、一斉に、大きく事件を取り上げた。

〈上野で、またホームレス、毒殺される！〉

〈三人目の犠牲者、なぜ、ホームレスばかりを狙《ねら》うのか？〉

そんな見出しだった。

最初、通称勝ちゃんが殺されたときは、新聞の扱いは、小さかった。

二人目でやや大きくなり、今度は、一面トップである。

どの新聞も、なぜホームレスばかりが狙われるのかという疑問に、力点を置いた書き方をしている。

記者会見のときにも、その質問が出たが、答弁に立った十津川は、正直に、わからないといっておいた。

警察が答えられない疑問に、自分たちが解答を与えてやろうとでもいうように、新聞は、心理学者や社会学者を動員して、この事件を分析させていた。

十津川は、興味を持って、そのいくつかを読んだ。

〈犯人は、ゆがんだ正義感を持った人間ではないか。仮に男だとしても、彼は、いつも、上野駅を利用していて、ホームレスを眼にしていた。不潔だと嫌悪していた。どうにかしろと、投書か電話したかもしれない。しかし、いっこうにいなくならないので、彼は自分で始末することにしたのではないか。また、そうだとすると、犯人は、正しいことをやっているのだと、思い込んでいると思う〉

〈意外に若い、ひょっとすると、十七、八歳の犯人という気がして仕方がない。それも、一人ではなく、何人かのグループだと思う。横浜で、ホームレスが、少年のグループに、連続して襲われる事件があったが、それと同じだと、私は見ている。犯人たちにとって、ホームレスは、殺してもかまわない存在なのではあるまいか。その意識が、何よりも恐ろしい〉

〈これは、狂気の犯行だと思いますね。アメリカで、売春婦を十二人も殺して逮捕された男がいたんですが、彼は、売春婦を殺せという神の声が聞こえたと、裁判でいってるんです。それと、今度の事件は、似てるんじゃないかなあ。狂的なまでに潔癖な人間が、ホームレスを殺してるんじゃないかと、私は考えたんですがねえ（談）〉

十津川は、面白く読みはしたが、犯人が狂気だとは、まったく考えなかった。第三の事件で、犯人は、青酸入りのジュースのびんを残した。が、前の二件では、いくら探しても、コップもびんも見つからなかった。

犯人は、被害者に飲ませたあと、持ち去ったのである。それだけ冷静な犯人が、狂人のはずがなかった。

したがって、納得できる動機が存在するはずである。

三人のホームレスに、何か共通点があるのではないかとも、十津川は考えてみた。偶然すぎるかもしれないが、三人が、東北の同じ町の出身者だとしたら、それは、十分に動機となり得るのではないか。

二人目の被害者は、花巻と呼ばれていたことから考えて、花巻市の出身と考えられた。

最初の勝ちゃんの身元は、なかなかわからなかった。

先にわかったのは、三人目の被害者である。指紋を照会したところ、警察庁の前科者カードにのっていたのである。

名前は安藤晋一郎《あんどうしんいちろう》。年齢五十二歳。石川県能登《のと》の出身で、暴行傷害の前科が二つあった。

どうやら、同じ東北の町の出身者という線は消えた。動機は、相変わらず謎のままである。

一方、この連続殺人事件に興味を持ったテレビ局が、一斉に、上野駅にカメラを持ち込んできた。

レポーターが、どこへでも首を突っ込んできて、駅員やホームレスたちが、質問ぜめにあった。

そのせいかどうかわからないが、犯人は、突然、殺人をやめてしまった。

3

第三の殺人が行なわれてから、二日たち、三日たっても、第四の殺人事件は起きなかった。

一週間が、過ぎた。

相変わらず、上野駅の構内には、何人ものホームレスがいて、内勤助役の沼田たちが追い出し、また入って来てのいたちごっこを繰り返していたが、四人目の犠牲者は、駅構内でも駅周辺でも、生まれなかった。

四日間で、三人のホームレスを毒殺した犯人である。一週間の間隔は、長すぎる。

捜査のほうは、いっこうに進展しなかった。

第一に、目撃者が見つからないので、犯人の輪郭《りんかく》がつかめない。田原町の焼鳥屋のおかみさんが目撃したという黒いコートの男が、唯一の手がかりだが、これも、はたして、犯人かどうか、確証はないのである。

第二の壁は、動機だった。

犯人が、なぜ、上野駅及び、その周辺のホームレスを三人も殺したのか、いぜんとして、わからないのだ。

十日が過ぎた。第一の殺人から数えれば、十四日目である。

四人目の犠牲者は、出ない。

しかし、十津川たちは、捜査を中止するわけにはいかなかった。

「なぜ、犯人は、突然、殺人を中止してしまったんだろう？」

十津川は、疲れの見える顔で、亀井に話しかけた。

「そうですねえ。警戒が厳重になったので、やめてしまったのかもしれませんし、三人殺したことで、満足してしまったのかもしれません」

「警戒厳重のせいとは、思えないね」

と、十津川はいった。

十津川たち捜査員や公安官、駅員たちが構内を見廻ってはいる。しかし、上野駅の構内は広いし、犯人は、上野駅の外でも、殺人は実行が可能のはずである。

それに、犯人は、三人の人間を冷酷に殺した人間である。警戒に怯《おび》えて、計画を放棄するとは思えないのだ。

「すると、三人を殺したことで、満足したということでしょうか？」

亀井がきいた。

「問題は、なぜ、満足したかだね。あの三人に、共通点は見つからないが、それは、ないということではなくて、まだ見つからないのかもしれない。それとも、最初から、三人だけ殺してやめる気だったのか」

「犯人が、病気になっているということも、考えられますね」

「犯人の輪郭でも、つかめればな」

十津川は、思わず小さな溜息をついた。

このまま、犯人が連続殺人を中止して、姿を消してしまったら、犯人について、何一つわからないままに、迷宮入りになってしまうのではなかろうか？

十津川たちは、だんだん深くなっていくいらだちを抑えて、定期的に、上野駅構内を巡回した。

制服姿の公安官も、二人ずつのチームを作って廻っている。

だが、構内に、緊張感は感じられなかった。

すでに、十日間、他のホームレスが殺されずにいるせいもあるだろう。新聞も、ほかの事件を追うのに夢中で、この事件を忘れ去っている。それに、上野駅を利用する人たちも、狙われるのはホームレスで、自分たちではないという気持ちがあるのだろう。

4

もう一つ、上野駅の特殊性もあるかもしれない。

全体に呑気《のんき》なのだ。これが、東京駅や新宿駅で起きていたら、きっと駅の構内が、ぴりぴりした空気になっていたに違いない。

花見時になると、駅の構内に新聞を敷き詰め、グループで酒盛りを始める駅である。

ホームも、例外ではない。列車が入ってくるのを待つ間、新聞や毛布をホームに敷き、ぺたりと座り込んで、みかんを食べたり、駅弁を食べたりしている女性がいる。それがおかしくないのが、上野駅なのだ。

今夜も、十津川の眼には、いつもと変わらない上野駅の光景が、映っていた。とにかく、荷物を持った人が多い。特に、東北や上信越へ列車が出発する中央ホームの近くは、そうだった。

これ以上持てないくらい、ボストンバッグや大きな紙袋を持っている。きっと、故郷への土産が、いっぱい詰まっているのだろう。

老人が多いのも、上野駅の特徴かもしれない。

自分の荷物を一ヵ所に集め、その上にちょこんと座り込んで、列車を待つ老婆がいる。

「靖国《やすくに》神社参拝団」と書いた旗を持った老人のグループがいる。多分、毎年一回、靖国神社を参拝して、帰って行くのだろう。どの顔も、参拝をすませて満足そうである。

ホームレスも、仲間が殺されたことなど忘れた顔で、呑気にうろついている。

ウイスキーの角びんを片手に持ち、片手にグラスを持って、歩きながら、注いで飲んでいるホームレスがいる。

駅員が飛んで行って、ウイスキーを誰にもらったかきいているが、相手は酔っ払っていて、要領を得ない。

待合室の奥では、ワンカップの酒を三つも四つも前に並べて、コンクリートの上にあぐらをかいて、ご機嫌のホームレスもいた。

これも、亀井が、ワンカップを、どうして手に入れたかきいたが、要領を得ないのは同じだった。

「参りましたね」

と、亀井がいった。

「これなら、犯人がその気になったら、まだ、いくらでも犠牲者が出るね」

十津川は、溜息をついた。

狙われているホームレスが、無警戒では、防ぐのは難しい。

「まあ、犯人が、やめてくれていて、助かりますが」

と、亀井がいったとき、内勤助役の沼田が、

「十津川さん」

と、呼んだ。

十津川は、一瞬、はっとなって、

「四人目の犠牲者が、出ましたか？」

「いや、駅長が、すぐ来ていただきたいというのです」

5

堀井駅長は、首席助役の細木、公安室長の山崎と、緊張した顔で十津川を迎えた。

「まあ、お座りください」

と、堀井は、十津川と亀井に、椅子をすすめた。

「これを見てくれませんか」

堀井は、自分の前にあった封書を、十津川に渡した。

白い封筒に、ワープロで、「上野駅長殿」と打ってあった。

「今日の午後届いたんですが、ほかの手紙の中にまぎれていて、気がつかなかったんですよ」

堀井がいった。

「差出人の名前はなしですか」

と、十津川は、呟いてから、中身を取り出した。

平凡な便箋《びんせん》に、これもワープロで、次の文字が打ってあった。

〈今までは、小手調べだ。これからが本番だ。覚悟するがいい。K〉

短い文章である。

十津川は、黙って読み、亀井に渡した。

「どう思いますか？」

と、堀井がきいた。

「ホームレスが続けて死んだことと、関係があるかということですか？」

十津川が、きき返した。

「もちろん、そうです。首席助役も、山崎公安室長も、沼田助役も、全員、関係があるだろうというのですがね」

「私も、関係があるとは思います。ただ、これからが本番だというのが、どういう意味なのか、わからないのです」

と、十津川はいった。

「そこは、われわれも、考え込んでしまっているんですよ」

　細木首席が、十津川に向かっていった。

「そうでしょうね」

「構内にはホームレスが、相変わらず、たくさんいます。これから、そのホームレスたちを大量に殺すぞというのか、それとも、ホームレスは、青酸の利き目を確かめるために、モルモットみたいに殺したのか。もし、後者だとすると、今度狙われるのは、上野駅を利用するすべての人ということになります」

「しかし、ホームレスは、他人《ひと》からもらった酒でもジュースでも、平気で飲むと思いますが、一般の乗客は、飲まないんじゃありませんか？」

　亀井が、便箋を封筒に戻しながら、首席助役の細木にきいた。

「そのとおりです。しかし、犯人が別のやり方をすることも考えられます。たとえば、構内の食堂で、備え付けの醤油やソースなどに、青酸を混入するかもしれません」

「上野駅には、食堂は、どのくらいあるんですか？」

「食堂と喫茶店が、全部で二十三店あります。鉄道弘済会系が七、日本食堂三、交通事業社六、ジャパントラベル二、じゅらく、さくら、ニューグリーン、レストラン東京、精養軒といった店が各一店ずつあります」

「二十三店もですか」

「現在、十時を廻っていますから、どの店も閉まっています。明朝、早速、注意して廻ろうと思っています」

「この手紙には、Kという署名がありますが、前にも、同じ署名の手紙が来たことは、ありませんか?」

十津川がきいた。

「なかったと思いますね」

と、細木がいった。

「これと似たような手紙は、どうですか?」

「非難の手紙なら、いくらでも来ますよ」

と、沼田は笑って、

「駅員の応対が悪い。構内の食堂が不味《まず》かった、掲示板の位置が悪い、売店が釣り銭を出ししぶるのは何事だ。その他、いくらでも投書して来ます。そういう手紙は、たいてい無署名ですね。時には、『上野駅を良くする会』などと、皮肉な署名もありますが、Kというのは、ありませんでした」

「この犯人の動機がわかりませんね」

山崎公安室長が、いまいましげにいった。

「私も、そう思います」

と、十津川も肯いた。

犯人は、何のために、ホームレスを三人も殺し、こんな手紙を送りつけて来たのだろうか？

第三章　新たな事件

1

翌日も、いつものように、午前四時に、上野駅のシャッターが開けられ、駅が活動を始めた。

助役たちが、食堂や喫茶店を廻って、注意を促した。が、そのほかに、変わった動きは見られなかった。

十津川は、問題の封書を鑑識に廻した。

犯人の指紋の検出は無理だろうが、念のためである。

封筒の消印は、浅草になっていた。

列車も、平常どおり運行している。

夜になると、寝台特急《ブルートレイン》が、次々に地平ホームを出発していくが、昼間は急行列車が多い。

東北、上越の両新幹線が通ってからも、これらの急行列車が、意外に混んでいるのは、上野駅の乗客に、老人が多いことにも、関係があるらしい。

新幹線は、目下のところ、大宮発だから、上野からリレー号で行き、大宮で乗り換えなければならない。

老人は、時間がかかっても乗り換えずに、青森や仙台、あるいは、山形に行ける急行列車に乗るのである。

午前九時五三分発の急行「まつしま3号」も、乗車率のいい列車だった。

急行「まつしま」は、1号から9号まであるが、3号が特に混むのは、この列車だけが、いわゆる二階建てだからである。

「まつしま1号、5号、7号、9号」は、仙台行きだけの一編成だが、「まつしま3号」だけは、仙台行き三両と、山形行き六両の二階建てになっている。山形行きは、福島で分かれて、急行「ざおう1号」になる。したがって、正確には、急行「まつしま3号」「ざおう1号」なのである。

新幹線を利用して、山形に行こうとすると、今は、大宮で乗り換え、さらに福島で乗り換えなければならない。早く着いても、老人にしてみれば、面倒くさいのだ。

九両編成の「まつしま3号」「ざおう1号」は、九時三八分に13番線に入線した。ツートンカラーの古い車両が、上野という駅には、かえってよく似合っている。

ホームに待っていた人々が、どっと乗り込んでいく。

仙台行きは三両なのに、山形行きは倍の六両だが、それでも山形行きの「ざおう1号」のほうが、先に満席になった。山形行きの列車が少ないせいもある。今、冬で、スキー客が多いせいもあるだろう。

一両だけのグリーン車は静かだが、自由席のほうは、たちまち賑やかになる。

午前九時五三分。定刻に、発車した。

山形行きの「ざおう1号」の2号車は、自由席で、向かい合う形の四人掛けになっている。

満席で、通路に立っている客も、四、五人いた。

三分の一くらいが、蔵王に行くスキー客で、網棚からスキーが吊り下げられていた。

向かい合って座った乗客たちは、お喋《しやべ》りしたり、上野駅の売店で買って来た缶ビールやみかんを、あげたり、もらったりして、賑やかだった。

赤羽、大宮、古河《こが》、小山《おやま》、宇都宮《うつのみや》と、停車していく。

宇都宮発は、一一時二二分である。

そろそろ、駅弁を食べ出す客もいる。

黒磯《くろいそ》発が、一二時五分。この辺りから、窓の外には、粉雪が舞い始めた。

突然、2号車の真ん中あたりで、若い女性の悲鳴が聞こえた。

2

小山《こやま》専務車掌が、驚いて駈けつけた。
二十二、三歳の白いセーター姿の女が、床に転がって、もがいている。
近くにいた乗客は、座席から立ち上がったものの、どうしていいかわからず、おろおろしていた。

小山専務車掌は、屈み込んで、

「どうされたんですか？」

と、きいた。

女は、ただ呻《うめ》いているだけだった。そのうち、四肢を小きざみに、けいれんさせ始めた。

小山にも、どうしていいかわからなかった。

車掌長の田中《たなか》を連れてきたが、田中もどうしようもなかった。

次の白河《しらかわ》に着くまで、あと十分はある。

「車内放送で、医者を探そう」

と、田中がいい、小山がマイクで、乗客に呼びかけた。
四、五分して、東京の内科の医師だという人が、名乗り出てくれた。
名前は久野《くの》で、妻と蔵王にスキーに行くところだという。

小山は、すぐ久野医師を2号車に連れて行った。

久野は、見るなり、「ああ、いかん」と叫び、小山に手伝わせて、女を洗面所へ引きずって行った。

「毒物を飲んだようだから、とにかく吐かせましょう」

と、久野はいった。

女ののどに指を突っこんで、無理やり、吐かせようとする。

しかし、そうしている間にも、女は、どんどん弱ってゆき、やがて、まったく動かなくなってしまった。

久野医師は、あわてて心臓に耳を当て、手首で脈を診た。

「死んだ――」

と、久野が、呟いた。

「本当に、死んだんですか？」

信じられないという顔で、小山がきいた。

「死にましたよ。もっと早く吐かせたら、助かったかもしれませんがね」

と、久野はいい、ハンカチを取り出して、額の汗を拭いた。

一二時二五分に、白河に着く。

久野医師は、死んだといったが、車掌長の田中は、小山と相談して、一応、救急車で病院へ運んでもらうことにした。

白河で、駅員に事情を話した。

2号車の女の座席に戻り、彼女のボストンバッグも、彼女と一緒にホームに降ろした。

車掌長が、駅員に話し、あとのことを頼んでから、二分遅れで、列車は白河を離れた。

白河駅では、すぐ救急車を呼び、毛布にくるんだ女と、ボストンバッグをのせた。

助役の吉見《よしみ》も、同行した。

駅近くの救急病院に着いたのは、十五分後であった。

診断した医師は、すぐ死亡を口にした。

「手遅れでしたね」

と、医師は、吉見助役にいった。

「死因は、何ですか？」

「明らかに、青酸中毒死ですよ」

と、医師は、断定した。

吉見は驚いた。急行「まつしま3号」「ざおう1号」の車内で、急病というので、心臓発作か脳溢血《のういっけつ》だろうと考えていたのである。

それが、青酸中毒死だという。

こうなると、警察にも連絡しなければならなくなった。

3

急行「まつしま3号」「ざおう1号」の車内で、若い女性客が青酸中毒で死んだという知らせは、午後二時には、上野駅にも届いた。

この時点では、上野から乗った乗客としかわからず、名前は不明だった。

青酸中毒死ということで、三人のホームレスの死と関係があるのではないかと考えたが、もし、そうだとしても、どう関係あるのか、わからなかった。

午後五時になると、死んだ女性の身元がわかった。

住所は、墨田《すみだ》区の向島《むこうじま》で、名前は安部《あべ》みどり。二十三歳のＯＬで、休暇をとって、故郷の山形へ帰る途中の死だということである。

この時点では、まだ、十津川も沼田助役たちも、上野の事件との関係を、はかりかねていた。

事件は、あくまでも、上野駅かその周辺で起こるものと、考えていたのである。

翌日の午後になって、事態は、十津川たちを狼狽《ろうばい》させるほうに動いていった。

まず、福島県警から、解剖結果が報告されて来た。

死因は、やはり青酸中毒死ということで、問題はなかった。

胃の中には、駅弁の残りと思われるものと一緒に、みかんの袋があったというが、それも、まだ十津川たちを、あわてさせはしなかった。

夕方になって、死んだ安部みどりの前に座っていた乗客のことがわかった。

事件がニュースとして新聞にのり、テレビでも放映されたために、警察に名乗り出て来たのである。

同じ山形に行くために乗った西川文子《にしかわふみこ》という六十歳の女性だった。

彼女が、警察に出頭して証言したことは、次のようなことである。

文子は、山形の人間で、結婚して東京に住む娘夫婦のところに遊びに行き、その帰りだった。

急行「まつしま3号」「ざおう1号」に乗ったところ、前の席に、同じ山形に行くという若い女性がいた。さっそく話しかけた。

「いい人でしたのにねえ」

と、文子は、警察でいったという。

十二時近くなって、駅弁を食べることになった。

文子は、上野の売店で買ったみかんを、みどりにもあげた。

みどりは駅弁を食べたあと、文子のあげたみかんを食べていたが、突然苦しみ出した。

この証言が伝えられたとき、十津川たちは、激しいショックを受けた。

上野駅の売店のみかんに、青酸が注入されていて、それを山形の六十歳の女性が買い、車内で、たまたま向かい合って座っていたＯＬに与えた。その結果、ＯＬは死亡してしまった。

犯人は、手紙に書いたとおりを、実行したのだ。

上野駅の食堂や喫茶店を狙わずに、犯人は、売店を狙ったのである。

上野駅の売店の数は、現在八十六である。鉄道弘済会のものが七十一、日本食堂が十五。

売店では、みかんを、細長い網の中に入れて売っている。青酸を注入されていたのは、そのみかんらしい。

上野駅には、売り上げ日本一という売店がある。

中央改札口を入ったところにある売店で、キヨスクＸ号店と呼ばれ、一日の売上げ額が約五百六十万円にのぼる。

十津川たちは、この店を見に行った。

十津川は、ときどきホームの売店で、新聞や週刊誌を買う。

べつに、意識して買うわけではないから、駅の売店が、どんなものか、考えたことはなかった。

意識して売店を見るのは、今度が初めてだった。

狭い場所に、よくもこんなに、いろいろなものが売られていると、感心した。

ホームにある普通の売店に比べると広いが、それでも、せいぜい三坪ぐらいのものだろう。

そこに、スーパーと同じぐらいの多種類の品物が置いてある。

新聞、週刊誌、単行本、煙草、ハンカチ、ライター、日本酒、ウイスキー、ジュース、と数え上げていくと、際限がない。奇抜なところでは、老眼鏡や祝儀袋も売っている。

上野は、東京の北の玄関といわれているだけに、東京のお土産も、ずらりと並んでいる。雷おこし、草加《そうか》せんべい、榮太樓飴《えいたろうあめ》からいろいろなカステラ、あられの類《たぐ》いもある。

列車の中で、すぐ食べられるゆで玉子、それに問題のみかんもある。

種類にして、六百種類、総数にして、三千から四千の品物が置いてあるのだという。

十津川たちが行った店には、二人の売り子が中に入っていた。

品物に囲まれているというより、埋まっているといったほうがいいだろう。前面と側面はもちろん、背後の棚にも品物が詰まっているし、ハンカチや小さなオモチャなどは、頭上にぶら下がっているからである。

十津川は、少し離れたところに立って、X号店を見ていた。

このX号店が日本一になった理由が、よくわかる気がした。中央改札口を抜けて、ホールに入り、何本もの列車を待つ人たちは、この店で買うことになるからである。

もう一つ、わかったことがあった。

店の奥にあるものは、客が品名をいって、売り子が手渡すが、店の外側に並べてある新聞などは、客が各自、勝手に取って、売り子に示して金を払っていることだった。

店が立て込んでくると、売り子の前に置かれた週刊誌でも、客が手を伸ばし、一冊、二冊とつかんで、金を払うようになる。そうでもしなければ、殺到する客をさばけないのだ。

忙しいときは、一人の客に品物を渡して、代金をもらうのに、四、五秒でさばく必要があるのだという。

問題のみかん入りの袋は、すでに構内のすべての売店から引き揚げられていた。

十津川は、いつも、どこに置いてあったのかと、売り子にきいた。

「ここですよ」

と、売り子が指さしたのは、売店の横の籠《かご》だった。

みかんを五つ、タテに網に詰めたものを、そのスチール製の籠の中に入れてあったという。

「お客が、勝手に手につかんで、お金を払っていくの？　それとも、君たちが、いちいち取って渡すのかな？」

十津川がきくと、売り子は笑って、

「忙しいときは、そこまで、手が伸びませんからね。お客さんが、勝手に取って、お金を置いていきますよ。三百円のものだから、盗んでいく人もいないし——」

という。

つまり、青酸入りのみかんとすりかえることは、簡単なのだ。

前もって売店で買っておき、青酸を注入してから、混雑にまぎれて、すりかえるのは、簡単だろう。誰も、そんなことをする人間がいるとは思わないからだ。

十津川が、いちばん恐れたのは、急行「まつしま3号」「ざおう1号」の死者以外にも、被害者が出るのではないかということだった。

犯人が、いくつのみかんに、青酸を注入したか、わからないからである。

堀井駅長の心配も、そこにあった。

そのため、この日も翌日も、駅長室は、緊張に包まれていた。

記者会見が行なわれ、事件のことは、テレビや新聞で流れた。その前に、青酸入りのみかんを食べてしまった人がいるかもしれなかったからである。

4

幸い、死者の報告は、急行「まつしま3号」「ざおう1号」だけだった。

どうやら、犯人は、X号店のみかん一つにだけ、青酸を注入したらしい。

ほっとしたものの、今後の対策が問題だった。

駅長室で、十津川も出席して、会議が開かれた。

「警察には、犯人逮捕に全力を尽くしていただくとして、上野駅としての対策も考えなければならないと思う」

と、堀井が、硬い表情でいった。

「ニュースが出てから、売店の売り上げが、減少しているようです」

細木首席が、いった。

堀井は、十津川を見て、

「犯人の目的は、何だと思われますか？　同じようなことを、また、すると思いますか？」

と、きいた。

「金が目的なら、必ず要求して来ると思います。犯人は、平気で、三人のホームレスを殺し、それを、まるで、テストみたいにいう人間ですから、これですむとは思いませんね」

と、十津川はいった。

「もし、金を要求して来たときは、どうしますか？　はねつけますか？」

「いや、一応、要求に応じてください。その機会に、われわれが犯人を逮捕します」

十津川は、そういった。

死者は、これ以上、出したくなかったからである。それに、金銭の授受が、逮捕のチャンスでもあったからである。

十津川の予想が当たっていたことは、すぐわかった。

その日の午後、前と同じ白い封筒で、犯人の手紙が届いたからである。

ワープロで打たれた手紙だった。文章の短いことも、前と同じだった。

〈青酸はまだある。これ以上、死者を出したくなければ、八千万円用意しろ。

応じる場合は、小パンダの像に、布をかぶせておけ。　　　　　K〉

消印は、今度は、赤羽になっていた。

その日付から見て、事件のニュースの直後に投函したことは、はっきりしている。

「八千万円ですか」

と、読み終わって、十津川が呟いた。

「なぜ八千万円なんでしょうか？　一億円でも、五千万円でもなくて」

沼田が首をかしげて、十津川にきいた。

「私にも、わかりません。いろいろと考えられますが」

「どんなふうにですか？」

と、きいたのは、細木だった。

「一億だとはねつけるが、八千万なら払う気になると計算したのか。それとも、八千万で、何かしようとしているのか。あるいは、八千万の借金がある人間なのか」

「あなたは、犯人の要求に応じるように、いわれましたね」

と、堀井駅長が、確認するようにいった。

「そのほうが、犯人逮捕のチャンスがあるからです」

「正直にいって、私は、こんな卑劣な犯人の要求に応じたくありませんが、三月十四日には、新幹線の地下駅がオープンします。その前に、この事件を解決しておきたいのです」

「それは、わかります」

「総裁にも、連絡しなければいけませんが、犯人逮捕の自信は、あるんでしょうね？」

「なければ、犯人の要求に応じろとは、すすめませんよ」

十津川は、きっぱりといった。

「それなら、これから、国鉄本社へ行って、総裁に会って来ます」

と、堀井はいった。

堀井が出かけたあと、十津川は、亀井と駅を出て、捜査本部のある上野署へ歩いて行った。

風は冷たいが、晴れて、いい天気である。

「犯人は、なぜ、上野駅を狙ったんでしょうか？」

歩きながら、亀井が十津川にきいた。

「ほかの駅でも、よかったのにということかね？」

「そうです。上野駅に対して、特別の感情を持っているんでしょうか？」

「そうかもしれないな。カメさんは、上野駅が、好きなんだろう？」

「そうです。東北の生まれですからね。上野は東北の匂いがする。だから、あまりモダンな駅に変わってもらいたくありませんね」

「犯人も、上野駅に、特別な愛着を持っていたのかもしれない。それが、何かのきっかけで、突然、憎しみになったということも考えられる」

「犯人が、東北の人間であってほしくありませんね」

と、亀井がいった。

その気持ちは、十津川にもよくわかった。

「手紙にあったKという署名は、カメさんは、何の意味だと思うね？」

「それなんですが、私は、KIOSKのKじゃないかと思うんです。狙われたX号店は、キヨスクですし、駅の売店は、ほとんど、キヨスクです」

「KIOSKのKか」

と、十津川は、呟いてから、

「しかし、なぜ、そのKを、署名に使うのかね？」

「何らかの意味で、キヨスクに関係している人間なのか、それとも、キヨスクに恨みを持っている人間なのか、どちらかだと思いますが」

「なるほどね」

十津川は肯いた。が、賛成とはいわなかった。

まだ、犯人が、どんな人間かわからなかったからである。犯人像が不明なとき、先入観を持つのは、危険だった。

捜査本部に戻った十津川は、本部長の署長に、事件の動きを報告した。

「やはり、犯人の目的は、金だったのか」

と、本部長がいった。

「それだけではないような気もしているんですが」

と、十津川はいった。

5

国鉄総裁の許可がおりて、八千万円の現金が、用意されることになった。

犯人が、指定したパンダの像は、二つある。

一つは、中央コンコースに置かれたジャイアントパンダで、もう一つは、小パンダ。これは、上野公園に通じる大連絡橋に置かれている。

どちらも、翼の像とともに、待ち合わせの目印として、よく利用されるものだった。

中央コンコースにあるジャイアントパンダは、実物の三倍はある巨大なもので、高さ三メートルほどの大きなガラスケースに入っている。

これに布をかぶせるとなると、大変である。だから、犯人も小パンダにしたのだろう。

小パンダのほうは、高さ一・八メートルほどの台座の上に、腰を下ろしているパンダで、ほぼ実物大である。こちらも、ガラスのケースに入っていた。

上野公園口に通じる連絡橋に置かれているので、動物園帰りの家族連れが、よく、この小パンダの像の前で、記念撮影をしていることがある。

寝台列車の白いシーツで、この小パンダのケースを覆《おお》うことにした。

新聞記者に、理由をきかれたときに困るので、中のパンダの人形を取り出して、それが傷《いた》んで、修理するためということにした。

パンダの人形は、駅長室の隣りの大会議室に移された。

二人の駅員が、空になったケースに布をかぶせた。

あとは、犯人からの連絡を待つだけであった。

今までのように、ワープロの手紙で連絡してくるのか、それとも、電話してくるのかわからないので、十津川と亀井は、駅長室の電話に、テープレコーダーを接続させておくことにした。

翌日の午後三時に、駅長室に電話がかかった。

堀井が、受話器を取る。自動的にテープレコーダーが動き始めた。

「駅長か？」

と、男の声がきいた。

「そうだ。私が、駅長の堀井だ」

「八千万円は、用意したか？」

「用意した。これから、どうしたらいいんだ？」

堀井が、声を大きくしてきいた。

「一四〇二番のコインロッカーを見ろ」

「どこのコインロッカーだって？」

「一四〇二番だ」

「もしもし、そこのコインロッカーに、何が入っているんだ？　もしもし」

堀井は、必死で呼びかけたが、電話は、もう切れていた。

犯人は、逆探知を恐れたのだろう。

「ともかく、一四〇二番のコインロッカーを調べてみてください」

と、十津川がいった。

「私が、見て来ます」

内勤助役の沼田がいい、亀井と二人で、駅長室を飛び出して行った。

十五、六分して、二人が大きな紙袋を抱えて戻って来た。

中から出て来たのは、高性能のトランシーバーが一台。丈夫な麻袋、それにワープロで書いた手紙一通。もう一つ、何のためか、真っ赤なリボンが一つである。

堀井が、手紙を読んだ。

〈八千万円を麻袋に入れ、しっかりと口を閉めろ。沼田という助役がそれを持ち、トランシーバーを持って、駅前の歩道橋の上に立て。よく見えるように、胸に赤いリボンをつけておくこと。

四時三十分までに、その場所に立て。

沼田助役の顔は、新聞で知っている。もし他人が立っていたりしたら、この取引は中止する。

トランシーバーは、受信にしておけ。　K〉

ホームレスが続けて死んだとき、確かに、沼田の談話と顔写真が新聞に出た。犯人は、それを見たのだろう。

十津川は、腕時計に眼をやった。三時半になったところである。あと一時間の余裕がある。

八千万円の現金を麻袋に入れる一方、日下や西本といった刑事たちを、駅前の歩道橋の周辺に配置することにした。

念のために、覆面パトカー二台も、駅近くに用意するように指示した。

八千万円は麻袋におさまり、口紐《くちひも》でかたく閉じられた。

沼田は、胸に真っ赤なリボンをつけ、トランシーバーを持った。

四時半ぎりぎりに、駅長室を出た。

犯人が指定した歩道橋は、広小路口を出てすぐのところに昇降口があり、駅前の浅草通りを大きくまたいで、三叉《さんさ》になっている。

三つの昇降口には、すでに日下刑事たちが配置されていた。

沼田は、麻袋を抱え、ゆっくりと歩道橋の階段を上がっていった。

犯人は、どこからか、じっと見張っているのだろう。

歩道橋の真ん中まで歩いて、立ち止まった。

そこから三方向に、歩道橋は延びている。

下の浅草通りを、何台もの車が走り抜けていく。

十津川は、覆面パトカーの中で、歩道橋の上にいる沼田を見た。

犯人は、どう出るのか？

まず考えられるのは、トランシーバーで、沼田に、歩道橋の下を通過する車に、八千万円入りの麻袋を落とせと、指示する方法である。

大型トラックの荷台に、白とか赤といった目立つペンキを塗るか、布を敷いておき、その車が見えたら、荷台に向かって落とせと指示するのである。

丈夫な麻袋を送って来て、しっかりと口を閉めておけと、指示したところをみると、歩道橋の上から、投げ落とさせることが、十分に考えられた。

十津川は、その可能性を考えて、覆面パトカー二台を浅草通りに、歩道橋の両側に配置したのである。

こうしておけば、上り、下りのどちらを走るトラックに落としたとしても、すぐ追跡できるし、無線電話で非常線を張ることも可能だった。

もう一つ考えられるのは、警察の動きを見るために、トランシーバーで指示して、沼田助役を、あちらこちら、動かせることである。

(そのどちらを、犯人は、選ぶだろうか？)

と、考えながら、十津川は、じっと歩道橋の上の沼田を見守った。

沼田は、トランシーバーを、受信の状態にして、じっと待っていた。

歩道橋を通る人たちが、一様に変な顔をして、沼田を見ていく。

大きな麻袋を抱え、真っ赤なリボンを胸につけた中年の男が、トランシーバーを耳に当てているのだから、振り返るのが当然だろう。

風が、やたらに冷たい。

(早く、連絡して来い)

と、沼田は思った。

時間がたってゆく。いやでも、沼田の気持ちがいらだつ。

突然、男の声が、トランシーバーに飛び込んできた。

「返事の必要はないから、しっかりと聞くんだ」

第四章　バイクタウン

1

「どこにいるんだ？」

沼田は、思わず、大声できいてしまった。

ぐるりと、周囲を見廻したが、相手が、どこにいるのか、わからなかった。だいいち、どんな顔をした男なのかも、わかってはいないのだ。

「黙って聞け！」

と、相手は、叱りつけるようにいった。

「わかった」

沼田は、短くいった。

今は相手のいうままに動いて、眼の前に引きずり出さなければならないのだ。

「どうしたらいい？」

「八千万円は、間違いなく、そこにあるんだな？」

「ああ、そちらの指示どおり、麻袋に入れてある」

「よし。その袋を持って、中央改札口を入り、13番線ホームに行け」

「13番線？」

「そうだ。13番線ホームに、そば、うどんを売っている店があるだろう。その店の前で、次の指示を待つんだ」

「13番線のそば店の前だな？」

「そうだ。断わっておくが、君に誰かが話しかけたら、その人間を刑事とみなして、この取引は中止する。早く行け」

男は、それだけいった。

(13番線か――)

沼田は、八千万円の入った麻袋を抱えて、歩道橋を、駅の方向に引き返しながら、頭の中で考えた。

犯人は13番線ホームといったが、正確にいうと、地平ホームのいちばん左側にある地平第一ホームである。

信越本線、高崎線、東北本線の列車が発着する。

(13番線から出る列車に乗れとでもいうのだろうか？)

沼田は、歩きながら、ちらりと腕時計に眼をやった。

午後五時になろうとしていた。

この時間に、13番線から発車する列車が、あっただろうか？

ほとんどの列車の発着時刻を暗記しているはずなのに、やはり、極度の緊張のせいか、沼田は、思い出せなかった。

歩道橋を降り、上野駅の構内に入っていく。

構内のたたずまいは、いつもと同じだ。

大きな荷物を持って、故郷へ帰る人たちが歩いている。

顔見知りのホームレスもいた。

列車が着いたのか、どっと、乗客が中央改札口から出て来るのに、ぶつかった。その人たちの間から、東北訛《なま》りの声が聞こえる。

いつもの上野駅だ。

だが、沼田たちにとって、今日は特別な日だった。

雑沓《ざっとう》の中に犯人がいて、じっと、沼田の動きを見つめているに違いないのだ。

沼田は、中央改札口を通って、地平ホームに入った。

例のキヨスクの前を通り、地平第一ホームに歩いて行く。

犯人のいった、そば、うどんの売店は、改札口に近いところにあった。

沼田は、その店の近くで、立ち止まった。

八千万円の入った麻袋を足元に置き、トランシーバーを耳にあてて、周囲を見廻した。

ホームには、あちらこちらに、乗客がかたまっている。

(犯人はどこにいるのだろうか?)

そのつもりで見れば、どの乗客も怪しく見えてしまう。こっちを見ている男がいると、犯人だと思ってしまうし、横を向いている男は、わざと視線をそらせているのではないかと、思ってしまう。

一七時一一分(五時十一分)。

13番線に、宇都宮行きの普通電車が入って来た。発車は、一七時三四分である。

2

十津川たちは、沼田が駅の構内に戻ってしまったので、急遽《きゆうきよ》、車から降りて、彼のあとを追った。

沼田は、地平第一ホームに立っている。

「犯人は、あの電車に、沼田さんを乗せる気かもしれませんね」

亀井が、小声で、十津川にささやいた。

二人は、キヨスクの横から、沼田を眺めていた。

「かもしれないな」

と、十津川がいった。

こんな事件では、犯人は、金を持った人間を引き廻して、様子を見るものである。列車に乗せるのも、一つの方法だろう。

発車間際に、急に乗れと指示すれば、張り込んでいる刑事の大部分を、まくことが可能だろう。

十津川は、若い日下刑事と西本刑事の二人に、前もって、13番線に入っている普通電車に乗っているように、いった。

日下たちが、電車に乗った。

これで、犯人が、沼田を電車に乗せるとしても、八千万円を守ることはできるだろう。

十分たった。

だが、犯人は現われない。

沼田は、トランシーバーを耳にあてて、じっと、犯人からの連絡を待ち続けている。

十五分過ぎた。

一七時二六分。

間もなく、宇都宮行きの普通電車が発車する。

だが、沼田は、動こうとしない。

(犯人は、警察の警戒が厳しいことを察して、中止したのだろうか？)

十津川が、そう思ったとき、駅員が一人、ゆっくり沼田に近づいて行くのが見えた。

(まずいな)

と、十津川は、思った。

あの駅員が、沼田に話しかけでもしたら、どこかで見ている犯人が、警戒してしまうではないか。

横にいた亀井も、同じことを考えたらしく、

「まずいですね」

と、声に出していった。

だが、そのとき、十津川の頭を、別な不安が走り抜けた。

(あいつは、本当の駅員なのか？)

十津川がそう思ったとき、沼田に近づいた駅員が、いきなり彼を突き飛ばした。

「あッ」

と、悲鳴をあげて、沼田が、コンクリートのホームに転倒した。

駅員は、さっと麻袋を抱え上げた。

反射的に、十津川と亀井が、その男に向かって突進した。

(いったい、どっちへ逃げる気なんだ？)

十津川は、走りながら男を睨《にら》んだ。

地平第一ホームは、長さ三百二十七メートル、幅七メートルである。

改札口のほうへ逃げれば、十津川たちとぶつかる。ホームの先端に向かって走れば、線路に飛び降りるより仕方がないだろう。八千万円入りの麻袋を担いで、線路上を逃げれば、すぐ追いつける。

しかし、相手は、どちらの方向にも逃げなかった。

(失敗《しま》った!)

と、十津川が舌打ちしたとき、犯人は、横に走っていた。

普通の駅では、ホームは、独立しているものだが、ここでは、地平第一ホームは低い鉄柵で仕切ってあっても、団体待合室やほかの通路につながっている。

移動式の鉄柵には、「通行禁止、駅長」の札がかかっていたが、犯人はその鉄柵を押し倒して、薄暗い通路に走り込んだ。

十津川と亀井、それに、近くに張り込んでいた公安官や駅員も、殺到した。

鉄柵の向こう側は、小荷物専用通路になっている。

太い柱の間に、薄暗い通路が延びていた。

天井には、さまざまな配管が走っている。

通路の隅には、自転車や、小荷物を運ぶ運搬車が置いてある。

犯人は、その運搬車の一台に飛び乗った。

一人乗りで、円筒形の牽引車《けんいん》で、荷物は籠付きの車に積み、それを何台も連結して運ぶようになっている。

犯人は、牽引車だけで走り出した。

天井も両側も、コンクリートの壁なので、ごおっという重い音を立てる。

亀井が、もう一台の運搬車に飛び乗ったが、とっさに動かし方もわからず、犯人に向かって駈け出した。

前方が、明るくなった。

小型トラックが、待っているのが見える。

公園口坂下の集配所になっているのだ。

上野駅に集まる荷物を、ここから、トラックで運び出す場所である。

外から見ると、ずらりと、トラックが並んでいる。

運搬車から飛び降りた犯人は、麻袋を、トラックの荷台に向かって投げ込んだ。そのあと、自分も乗り込もうとしたとき、追いついた日下刑事が、ラグビーのタックルの感じで飛びついた。

「この野郎！」

という、日下の声がひびいた。

犯人は、腰にタックルされて、コンクリートの上に叩きつけられた。

トラックが、急発進した。

西本刑事が、走り出したトラックにしがみついた。

3

亀井と日下が、通路に倒れた男に、手錠をかけているのを横眼に見て、十津川は、公園口坂下の道路に飛び出した。

問題の小型トラックは、もう見えなくなっていた。

パトカー二台は、反対側の広小路口に廻ってしまっている。

十津川は、ちょうど通りかかったタクシーを停め、乗り込んだ。

運転手に、警察手帳を見せた。

「とにかく、走ってくれ」

「どっちへですか？」

「御徒町《おかちまち》方向だ。行ってくれ」

と、十津川はいった。

タクシーが、走り出した。

道路は混み始めていた。必死になって、窓の外を見ても、その小型トラックの姿は見えない。

五、六分、走らせたとき、道路の端に、そのトラックが停まり、荷台の上に、西本刑事が突っ立っているのを発見した。

十津川は、タクシーを停め、降りた。

「どうしたんだ？」

と、西本に、声をかけた。

「逃げられました。急停車したので、あわてて追いかけようとしたんですが、すぐ、人混みの中に、もぐり込んでしまって、こっちは、八千万円があるので……」

西本は、残念そうにいい、八千万円入りの麻袋を抱えて、荷台から飛び降りて来た。

「じゃあ、顔も見ずか？」

「後ろ姿を、ちょっとしか見ていません。身長百七十五、六センチの若い男です」

「とにかく、八千万円が無事でよかった」

十津川は、ほっとした顔でいった。

ほかの刑事や鑑識も、パトカーで駈けつけて来た。

刑事たちは、トラックから逃げた男の目撃者探しに歩き廻り、鑑識は、運転席にもぐり込んで写真を撮《と》り、指紋の検出にあたった。

駅で逮捕した男は、上野署の捜査本部に連行されていた。

十津川が戻ったとき、すでに亀井が、訊問にあたっていた。

十津川がひと休みしているところへ、亀井が渋い顔で、取調室から出て来た。

十津川は、八千万円が、無事だったことを知らせてから、

「どんな具合だね？」

と、亀井にきいた。

「完全黙秘です。てこずりそうですよ」

亀井は、肩をすくめた。

「じゃあ、名前も住所も、わからずかね？」

「所持品を調べたんですが、わかりません。駅員の服も、どこで調達したのか不明です」

「四人もの人間を殺してるんだ。一筋縄《ひとすじなわ》ではいかんだろう」

と、十津川はいった。

犯人が二人いたことは、これでわかった。

どちらが、上野駅のホームレスを毒殺し、急行列車の中で、四人目の殺人を犯したのか、どの程度の共犯者なのか、そこも知りたいと思う。

十津川は、まず、逮捕した男の指紋の照会をすることにした。前科があれば、身元がわかるだろう。

次に、ホームレス毒殺犯人の唯一の目撃者である、田原町の菊乃のおかみさんに来てもらうことにした。

その前に、十津川自身が、取調室で男に向かい合ってみた。

さっきは、駅員の服だけが強烈な印象で、顔はよく見ていなかったのだが、真正面から見ると、三十五、六歳で、眉の太い、意志の強そうな男である。

所持品は、国産の腕時計、ボールペン、四万二千円入りの財布、小銭、キーホルダーぐらいである。キーは一つだけで、これは多分、住居のものだろう。

「八千万円は、取り返したよ」

と、十津川はいった。

男の顔色が、一瞬、変わったが、すぐ、元の冷静な表情に戻ってしまった。

「君の共犯の男も、まもなく逮捕されるはずだ」

十津川が続けていうと、男は眉を寄せた。

「嘘をつくな」

と、いった。

十津川は、にやっとして、

「口は、利けるのか」

「おれは、何も知らん」

「黙って、君一人で、四人の人間を殺した罪を背負って、刑務所に行くことになるぞ」

「そんな手に乗るものか。だいいち、おれが殺した証拠は、どこにあるんだ？　あったら、見せてもらいたいね」

男は、今度は、挑戦する眼つきになった。

「目撃者がいるんだよ。君が、上野駅のホームレスに、青酸入りのウイスキーやジュースを飲ませるのを目撃した人間がいるんだ。その目撃者が君を認めたら、君の有罪は決定する」

十津川は、じっと相手の眼を見つめた。

焼鳥屋のおかみさんが見た犯人がこの男なのか、それとも、小型トラックで逃げた男なのかは、わからない。

もし、この男が、ホームレスに毒入りの酒かジュースを飲ませたほうなら、少しは顔色が変わり、眼が落ち着かなくなるだろうと、思ったのである。

男は、ふんと、鼻で笑っただけだった。

それっきり、黙ってしまった。

十津川が取調室を出て、捜査本部にしている部屋に戻ると、焼鳥屋菊乃のおかみさんが来ていた。

「わざわざ、申し訳ありません」

と、十津川は、おかみさんの山下としえに、頭を下げた。

「そんなことは、かまいませんよ」

と、としえは、手を振ってから、

「本当に、犯人が捕まったんですか？」

「犯人は二人で、その片方を逮捕しました。その男が、あなたの見た男かどうか、見ていただきたいのですよ」

「いいですけど、私は、顔は見てませんよ。後ろ姿を見ただけですけどね」

「それでもかまいません。犯人は、黒っぽいコートを着ていたということでしたね？」

「ええ」

「そこに、コートが並んでいますが、どれが似ていますか？」

十津川は、壁に並んでぶら下がっている刑事たちのコートを指さした。

としえは、椅子に腰を下ろしたまま見ていたが、

「左から三つ目のコートが、似ていますわ」

「誰のだ？」

十津川が、その場にいた刑事たちの顔を見渡した。

清水刑事が、手を挙げた。

「じゃあ、それを着せて、奴を連れて来い」

と、十津川は、清水にいった。

亀井が、としえを隣りの部屋に連れて行き、マジックミラー越しに、男を見せることにした。

黒いハーフコートを着せて、連れて来られた男は、明らかに落着きを失っていた。

「そこの鏡に向かって歩いて行き、また引き返して来るんだ」

と、十津川は、男にいった。

それでも、男は動こうとしない。清水刑事が男の腕をつかんで、無理やり、歩かせた。

男は、ぶつぶつ文句をいっている。

それを、留置場に連れて行かせてから、十津川は、隣室にいる亀井と山下としえを呼んだ。

「どうでした？」

と、十津川は、としえにきいた。

「後ろ姿は、よく似ていましたわ」

としえが、はっきりした口調でいった。

「同じ人間と、断定できますか？」

「それは、ちょっと。肝心の顔を見てなかったんですから。申し訳ありません」

「あなたが、謝ることはありませんよ」

十津川は、あわてていった。

それでも、山下としえの証言は貴重だった。

犯人とは断定できなくても、その可能性は、出て来たからである。

十津川は、福島県警にも、男を逮捕したことを連絡した。

急行「まつしま3号」「ざおう1号」の車内で、青酸中毒死した安部みどりの事件も、この男が関係している可能性が出て来たからである。この事件についての管轄《かんかつ》は、福島県警にある。

トラックを運転していた男が消えた場所で、聞き込みにあたっていた刑事たちが、帰って来た。

彼らは、二人の男を連れて来た。

小型トラックが停まった近くのレストランの従業員である。

運転していた男が、突然、飛び降りて、人混みの中に逃げ込んだのを見たという。

「荷台の上で、男の人が何か怒鳴っていたので、見たら、ジャンパー姿の若い運転手が飛び降りて、逃げ出したんですよ」

「最初は、何が何だかわかりませんでした。わかっていたら、店から飛び出して行って、あの運転手を捕まえていたんですが」

若い二人の目撃者は、こもごも、そんなことをいった。

十津川は、二人の証言をもとにして、逃げた男の似顔絵《モンタージュ》を作ることにした。

それができる頃、指紋の照合結果が、警察庁から報告されて来た。

前科者カードに、逮捕した男の指紋は、ないという返事だった。あの男は、指紋をとるとき、平然とした顔をしていたから、十津川には予想された返事だった。

4

翌日、朝食をすませてから、十津川は、亀井と二人で、もう一度、取調室に、男を連れて行った。

十津川は、まず、昨日作成したモンタージュを、男の前に置いた。

「これが、君の相棒だろう？」

「知らないね」

男は、ちらりと見ただけで、眼をそむけてしまった。

「名前をいうんだ」

「なぜ、おれが、警察に協力しなけりゃいけないんだ？」

男は眉をひそめて、十津川を見、亀井を見た。

「今のままだと、君一人に、すべての罪がかぶさってしまうぞ。四つの殺人、それに、八千万円の強奪未遂だ」

十津川がいうと、男は、顔の前で手を振って、

「おためごかしはやめてくれ。第一、おれの罪といえば、せいぜい、国鉄職員の服を着たことと、麻袋を奪おうとしたことぐらいだ。あの中に、金が入っていたなんて、知らなかったんだから、有罪になったって、一年ぐらいの刑ですむ」

「君は、三人のホームレスを毒殺し、そのうえ、上野駅のX号店のみかんに青酸を注入しておいたので、急行列車の乗客の一人が、毒死した。犯人は、君だ」

十津川がいうと、男はクスッと笑った。

「何がおかしい？　何人もの人間を殺しておいて！」

亀井が、テーブルを叩いた。

男は、肩をすくめて、

「おれには、ホームレスを殺さなきゃならない理由はないんだ。急行列車の死んだ乗客だってさ」

「国鉄を脅迫するために、やったんだ」

「おれには、関係ないね」

「四人の男女を毒殺したことは、明らかなんだ」

亀井が、語気を強めていった。

男は横を向いていたが、急にニヤッとすると、

「一つ、面白いことを、教えてやろうか？」

「なんだ？」

「新聞で見たんだが、警察は、キヨスクのみかんに、誰かが、青酸カリを注入したと思ってるみたいだな？　違うのか？」

「そのとおりだよ」

と、十津川がいった。

亀井は、ますます顔をしかめて、

「それをやったのは、お前なんだ。おかげで、若い女性が一人死んだんだ」

「しかし、青酸カリを、どうやって、みかんの中に注入するんだ？　そんなことができるのか？」

「できるさ。青酸を溶かして、その青酸液を、注射器でみかんの中に注入したんだ」

亀井がいうと、男は、馬鹿にしたように、「ふん」と鼻を鳴らした。

「そんなことをしたら、みかんは変色して、誰も食べやしないよ。だから、警察の考えなんか、間違ってるんだよ。つまり、おれは、人殺しなんかに関係がないんだ」

「何を、しらばくれやがって！」

亀井が、今にも、男を殴りつけかねないのを、十津川は、あわてて制止して、

「カメさん。ちょっと」

と、取調室の外へ連れ出した。

「警部。奴の顔を見てると、殴りたくなりますよ」

亀井が、いまいましげに舌打ちした。

十津川は、取調室に眼をやって、

「彼のいったことが、気になるんだがね」

「何がですか？」

「青酸液を注入したら、みかんが変色して、それを食べるはずがないという言葉だよ」

「奴のはったりに決まっていますよ」

「そうともいえないんじゃないかね。みかんは、酸性だ。そこへ、青酸カリが入ると、変色するような気がするんだがね」

「もし、そうなったら、どういうことに？」

「われわれの推理が、間違っていたことになる。急行『まつしま3号』『ざおう1号』の中で死んだ安部みどりという女性は、みかんの中に注入された青酸カリで殺さ

れたと思ったんだがね。もし、ひどく変色するなら、食べるはずがない」

「しかし、彼女は、青酸で死んでるんです」

「だから、みかん以外の何かに、青酸が入っていて、それで死んだことになる」

「みかんですよ。奴がキヨスクのみかんに、青酸を注入しておいたんです」

「科研で、調べてもらおう」

と、十津川はいった。

5

科研に実験を依頼してから、十津川は、朝刊に眼を通した。
昨日の事件が、大きく報道されている。
〈上野駅を舞台の大捕物！
一人を逮捕、もう一人は、取り逃がす〉
そんな見出しが、大きく躍《おど》っている。

逮捕した男の人相も、くわしく書かれていた。

逃走した若い男の似顔絵ものっていて、外見の説明もしてある。

〈年齢は二十歳から二十五歳くらい。身長百七十五センチ、体重六十七キロ前後。ブルーのジーパンに、白いスニーカーをはき、白っぽいジャンパーを着ていた。お心当たりの方は、すぐ最寄りの警察へ、通報してください〉

これで、はたして効果があるだろうか？

日下刑事たちは、コピーした似顔絵を持って、上野駅周辺の聞き込みをやっている。

小型トラックの持ち主も、わかった。

浅草千束《せんぞく》の果実店の小型トラックで、昨日の朝、店の前に停めておいたのを盗まれたということだった。

犯人は、盗んでから、店の名前をペンキで消して使っていたのである。

捜査本部には、新聞を読んだ人からの電話が、かかるようになった。

逃げた男に関するものが、多かった。

その中に、上野駅近くのバイクタウンで見たという若い女の電話があった。

上野駅の北東側、昭和通りの周辺に、数十軒の格安バイクの店が、ひしめいている。

この辺りは、上野バイクタウンと呼ばれていて、バイク好きの若者が、集まって来るところである。

昔、車坂《くるまざか》という地名で、車宿や荷車屋があったところだから、そのせいかもしれない。歩くと、いつも猛烈なエンジンの爆音が聞こえている。

このバイクタウンの一店で、新聞に出ていた若い男を見たというのである。

「あなたの名前は？」

と、十津川がきいたが、相手は、名前はいえないといい、電話を切ってしまった。

十津川は、すぐ日下たちを、バイクタウンに行かせた。その女の言葉に、真実味が感じられたからである。

6

日下と西本の若いコンビは、似顔絵を持って、バイクタウンに出かけた。

「こいつは、壮観だな」

と、西本が、思わず嘆声をあげた。

何々モータースとか、何々オートといった看板を出し、店先にバイクを並べた同じような店が、延々と並んでいる。

この一角は、バイクの町である。

店で働いている店員も若いし、来ている客も若い。女性の客も多かった。

〈バイク　二万円からあります〉

という看板を出している店もある。

日下も、高校時代はバイクに憧《あこが》れ、無理して買ったものだった。

二人は、一軒ずつ、似顔絵を見せて、きいていった。
十二、三軒目の「有田《ありた》モータース」という店で、反応があった。
ツナギを着た店の主人が、しばらくモンタージュを眺めてから、

「うちで働いている英明《ひであき》に、よく似てるな」

と、いったからである。

「今、ここにいますか？」

日下が、奥をのぞくようにして、きいた。

「いや、一昨日《おととい》から休んでるよ」

「何《なに》英明というんですか？」

「浜中《はまなか》英明だよ」

「住所は？」

「確か、浅草の寿《ことぶき》町あたりだったはずだがね」

といってから、奥に向かって、

「英明は、どこに住んでるんだったかなあ？」

「寿一丁目の青葉荘ってアパートよ」

という威勢のいいおかみさんの声が、はね返って来た。

日下と西本は、パトカーに戻り、地図を調べてから、寿一丁目に向かった。

上野から浅草通りを、雷門に向かって走り、途中で右に折れたあたりが、寿一丁目である。

二人はパトカーから降りて、青葉荘というアパートを探した。

モルタルの二階建てのアパートだった。

その一階の隅の部屋が、浜中英明のもので、廊下に２５０ccのバイクが置いてあった。

ドアをノックしてみたが、応答がない。

管理人に開けてもらって、日下たちは、部屋に入った。

六畳に、台所がついただけの部屋である。

意外に、きれいに片付いていた。

壁には、バイクやスポーツカーの写真が、何枚も貼ってある。

カレンダーがかかっていたので。日下がめくってみると、三月十四日が、赤丸で囲ってあった。

これといった家具はないが、テレビとビデオは、揃っている。

小さな机の引出しを開けると、今年の年賀状が、二十枚ほど、ゴム輪で束ねてあった。

写真も袋に入って、何十枚か見つかった。

日下は、その両方を、畳の上に並べていた。

もし、写真の中に、上野駅で逮捕した男が写っていればと思ったのだが、それはなかった。

浜中英明本人と同じくらいの、若い男女ばかりだった。

バイク仲間だろう。バイクを並べて、その前で、十人近い若者たちが、ポーズをとっている写真といったものが多かった。

その中に、同じ顔の女と写っているものが、二十枚ばかりあった。

年齢は、二十四、五歳だろう。浜中と並んで写っていると、彼より年上に見える。

（恋人だろうか？）

もし、そうだとすれば、女に会いに現われるかもしれない。問題は、彼女の名前と、どこに住んでいるかである。

年賀状の中に、女性のものが三枚あるので、その中の一人かもしれない。

日下は、女の写真を管理人に見せた。

「この女が、訪ねて来たことがあったかね？」

「ああ、二、三度、見ましたよ。なかなかきれいな人ですよ」

「浜中とは、どんな関係の女かな？」

「恋人でしょう？　浜中さんが、そういってますからね」

管理人は、あっさりといった。

「名前は、わからないかね？」

「浜中さんは、ゆきちゃんと呼んでますよ。どんな字を書くのか、知りませんが」

「何をしている女なんだ？」

西本がきくと、管理人は、ニヤッと笑って、

「吉原の例の特殊浴場《ソープランド》で働いている人らしいですよ」

「ほう」

日下は、もう一度、女の写真に眼をやった。べつに水商売の女に、先入観は持っていないつもりだが、そんな仕事をしているようには見えなかった。どこにでもいる、普通のＯＬのように見える。

「何という店か、知っているかね？」

西本がきいた。管理人は、また、ニヤッとしてから、

「わたしも行こうと思って、店の名前をきいたことがあったんですよ。確か、色の名前がついてたような気がするんです」

「色？」

「ええ。青とか、赤とかですよ。青い海だったか、赤い屋根だったか、そんな名前の店だったんですがね」

「調べてみよう」

西本は、小声で日下にいい、部屋を出て行った。
五、六分して戻って来ると、「わかったよ」と、西本がいった。
「『赤い家』だ。ほかに、青や赤の字がついた店はないといっている」

「これから、行ってみよう」

日下は、年賀状と写真をまとめて、ポケットに入れてから、西本を促した。

7

午後六時を過ぎ、吉原の特殊浴場街《ソープランド》は、相変わらず、ネオンに彩られていた。

新しい法律で、十二時を過ぎれば、ネオンは一斉に消えてしまうだろうし、看板は変わっていたが、そのほかは、あまり変わっているようには見えなかった。

「赤い家」で、日下たちは、支配人に会い、写真を見せた。

支配人が警察手帳を見て、眉を寄せたのは、新しい法律に対する警戒なのだろう。

「この娘が、どうかしたんですか？」
二十七、八歳の若い支配人は、じろりと日下を見、西本を見た。
「会って、ききたいことがあってね」

と、日下が、いった。

支配人は、店とは関係ないらしいとわかって、急になごやかな表情になった。

「彼女、やめましたよ」

「いつ？」

「三日前に、やめたいと、いって来たんです。なんでも、三月十何日かに、故郷へ帰るんだとか、いってましたよ」

「故郷というのは、どこだろう？」

「仙台の先の塩釜《しおがま》だと、いっていましたね」

「彼女は、どこに住んでいるのかね？」

「千束のマンションですよ」

と、支配人はいい、メモ用紙に地図を描いてくれた。彼女の名前は香取《かとり》ゆきだという。

その「ルシェル千束」というマンションは、すぐ見つかった。

七階建てのマンションの五階の角部屋である。

日下と西本は、中に浜中がいる可能性も考え、身構えてから、ドアの横についたインターホンを押した。

「どなた？」

という若い女の声が聞こえた。

「警察だ」

日下がいった。五階では、浜中がいても、まさか、飛び降りて逃げたりはしないだろう。

「警察が、何の用なの？」

女の声は、しっかりしていた。

（一筋縄ではいかない女だな）

と、日下は、思いながら、

「とにかく、開けてくれないか」

「ちょっと、待って」

ドアが小さく開いた。が、チェーンは、掛けたままだった。

化粧をしていない若い女の顔がのぞいた。

「本当に、警察の人？」

「そうだ」

日下は、警察手帳を見せた。

「わかったわ」

と、相手はいい、チェーンロックを外し、部屋へ入れてくれた。

1LDKの造りの居間に、日下と西本を通してから、

「ごめんなさい。四、五日前に、下の階で、ひとり住まいの女の人が襲われたから、用心したの」

と、彼女はいった。

まったく化粧をしていない彼女の顔は、写真の女とは、別人のように見えた。

「香取ゆきさんだね？」

と、日下が念を押したのは、そのせいだった。

女は、笑った。

「そうみたいね」

「バイクタウンで働いている浜中英明を知っているね？」

今度は、西本がきいた。

ゆきは、すぐには返事をせずに、

「コーヒー、召し上がる？」

「いや、いらない」

「じゃあ、私だけいただくわ。コーヒーを飲まないと、身体が、しゃんとしないの」

ゆきは、そんなことをいいながら、自分でインスタントコーヒーをいれた。

西本が、いらだって、

「どうなんだ？　浜中を知ってるんだろう？」

「浜中くんが、どうかしたの？」

「強盗事件の片棒を担いでいる疑いがある」

「え？」

ゆきの顔色が、変わった。

（この女は、知らなかったのか？）

と、日下は、思いながら、

「下手をすると、殺人事件も絡んでくるんだよ」

「彼が、そんなことをするはずがないわ」

「上野駅で起きた事件のことは、知ってるだろう？　新聞に大きく出ていたから」

「悪いけど、新聞は見てないわ」

「上野駅を舞台にした現金強奪事件があったんだ。犯人の一人は捕まえたが、トラックで逃げた奴がいる。それが、浜中らしいんだ」

「彼らしいというだけなんでしょう？」

「目撃者の証言で作ったモンタージュは、彼そっくりなんだ」

「よく似た人は、何人もいるわ」

「それに、浜中は姿を消している。逃げてるんだ」

「彼は、真面目よ。警察に厄介になるようなことはしないわ」

「じゃあ、なぜ、逃げてるんだ？」

「逃げてるかどうか、わからないじゃないの。ふらっと、旅行に行ってるのかもしれないわ。浜中くんは、旅行が好きだから」

「君と彼とは、どんな関係なんだ？」

日下がきくと、ゆきは、ブラックでコーヒーを、ゆっくり飲んでから、

「そんなこと、警察とは関係ないわ」

「ちょっと、トイレを借りるよ」

西本が、急に腰をあげ、ゆきが何かいう前に、奥へ入って行った。

戻って来ると、日下の耳元で、小声で、

「浜中はいないよ」

と、いった。

日下は肯いてから、ゆきに向かって、

「浜中には、殺人、恐喝容疑がかかっている。もし、居場所を知っていて隠していると、犯人隠匿《いんとく》罪になるよ」

「ぜんぜん、知らないわ」

「君のためにも、それが本当だといいがね。もし、浜中から連絡が入ったら、すぐ警察に知らせるんだ。それが、浜中のためでもあるからね」

それだけいって、日下は、西本と席を立った。

第五章　移送

1

　有田モータースに出していた履歴書から、浜中英明のことが、いくらかわかってきた。

　浜中は、現在二十一歳。

　生まれは、仙台市の郊外で、地元の高校を出るとすぐ上京した。両親には、黙って飛び出したのだから、家出少年の一人だったわけである。

　最初は、ピンクキャバレーのボーイなどをやっていたが、二年前から、有田モータースで働くようになった。

　有田モータースの社長の話では、真面目で、よく働く男だという。

バイク好きで、給料を貯めて、２５０ccのバイクを買った。

「休みの日には、一日中、乗り廻しているが、暴走族じゃないよ。素直ないい若者だ。だから、殺人犯の仲間だなんて、信じられませんよ」

と、社長は、十津川にいった。

「吉原の特殊浴場《ソープランド》で働いている恋人がいるとは、いっていませんでしたか？」

「恋人がいるとは、いってたね。でも、どこで働いているかは、いわなかったな。一度、見たことがあったけど、ジーパンはいて、ヘルメットをかぶって、彼と一緒にバイクに乗ってたから、水商売の女とは思いませんでしたねえ」

と、社長はいった。

だが、上野駅で逮捕した男のことは、有田モーターズの社長も、知らないといった。

いぜんとして、男の身元は、不明のままだった。

香取ゆきについては、西本が、彼女のマンションで、一つの発見をしていた。

「トイレを借りるふりをして、奥をのぞいたときですが、カレンダーの三月十四日のところに、印がついていましたよ」

と、西本は、十津川に報告した。

「確か、浜中のカレンダーにも、三月十四日に、印がついてたんだったね」

「そうです。三月十四日は、何の日なんでしょうか？」

「君は、本当に知らないのか？」

「は？」

「上野駅から、東北、上越両新幹線が発車する日だ」

「ああ。そうでしたね。地下駅がオープンして、新幹線が、上野から出る日でしたね。その日付に、浜中と香取ゆきが印をつけているということは――」

「初めて上野駅を出る新幹線で、二人は、故郷に帰る気でいるんじゃないかね」

「そうだとすると、どうもわかりませんね」

「何がだね？」

「香取ゆきは、ああいうところで働いていたから、かなりの金を貯《たくわ》えたはずです。ヒモみたいな男もいなかったようですから。浜中と一緒になるにしても、金には困らないんじゃありませんか。それなのに、浜中が、殺人、恐喝の仲間に入った理由が、わからないんです」

「香取ゆきは、本当に金を貯めていたのかね？」

「同僚の話でも、少なくとも、三千万円は、貯めていたはずだということでした」

「たいしたものだな」

「そうですよ。それだけあれば、故郷に帰って、小さな店ぐらい持てると思いますね。それなのに、三月十四日が近いときに、なぜ、浜中があんなことをしたのか、わからないんです。浜中は、前科もありませんし、彼の周囲の人間も、一人として悪くいっていないんです。どうも、わかりませんね」

「浜中のほうは、貯金はどうなんだ？」

「こちらは、あまりないようですね。彼のアパートの近くの銀行にあたってみたんですが、浜中は、どこにも貯金していません。持っているとしても、せいぜい十万円から二十万円といったところでしょう。有田モーターズの社長は、浜中がやめるのなら、退職金として、三十万ぐらい払うつもりだといっていましたが」

「男の見栄かな」

「は？」

「二人は、同じ三月十四日におそらく、新幹線に乗って、郷里へ帰るんだろう。恋人同士と思っていいんじゃないかな。彼女のほうが、三千万円も貯金があって、彼のほうは、十万か二十万しかない。男として、辛いことだ。だから、一獲千金《いっかくせんきん》を夢見て、ついつい、悪い奴の誘いに乗ったんじゃないかね。相手は、浜中の運転の才能を利用したんだろう」

「それが、男の見栄ということですか？」

若い日下は、小さな唸《うな》り声をあげた。

そんな日下に、十津川は笑いながら、

「君だって、同じじゃないのか？」

「そうですねえ。恋人が、金持ちだったら、こっちも、大金を稼ぎたいと思いますよ。そうしないと、一生、頭が上がらないことになりますからね」

「浜中も、そんな気持ちだったのかもしれない」

「そうだったら、泥沼に落ち込まないうちに助けてやりたいですね。ただ、小型トラックの運転を頼まれていただけなら、軽い刑で、すむんじゃありませんか？」

「香取ゆきに、監視をつけてあったな？」

「今、清水刑事と田中刑事が、見張っています。そのあと、私と西本が、交代することにしています。浜中は、彼女に会いに来るでしょうか？」

「浜中が現われるとすれば、彼女のところか、自分のアパートだよ。彼のバイクは、アパートにあるんだからね」

「アパートのほうは、桜井と古賀刑事が、行っています」

「早く捕まえたいね」

と、十津川はいった。

2

翌日は、朝から雨になった。

しとしと降る嫌な雨だが、それでも、春を呼ぶ雨に違いない。冬の雨のように、冷たくはなかったから。

十津川は、捜査本部の窓から、降り続く雨を見つめていた。

犯人の一人を逮捕したというのに、事件は、いっこうに進展しないのだ。

留置している男は、相変わらず黙秘を続けているし、身元もわからない。

浜中は、自分のアパートにも、香取ゆきのマンションにも、現われなかった。

今のままでも、あの男を起訴することは、できるだろう。四件の殺人については、証明できなくても、上野駅で、八千万円を強奪しようとしたことだけは、間違いないのである。しかし、十津川としては、四件の殺人でも、この男を送検したかった。

（あの男と、浜中の二人で、今度の事件をやったのだろうか？　それとも、ほかに共犯がいるのだろうか？）

細い雨足を見ながら、十津川が、そんなことを考えたとき、

「警部」

と、呼ばれた。

「本部長が、呼んでいます」

「わかった」

十津川は、署長室へ急いだ。

署長室には、上野駅の沼田内勤助役がいた。

十津川は、沼田に会釈をした。

「まあ、座ってくれ」

と、署長は、十津川に声をかけてから、一通の封書を、彼の前に置いた。

「読んでみたまえ。ついさっき、届いたんだ」

「拝見します」

十津川は手に取ったが、白い封筒の表に、ワープロで、「捜査本部長殿」と打たれているのを見て、ああと思った。

例の脅迫状と、同じなのだ。

中身の便箋にも、ワープロの文字が並んでいた。

〈捕まえた男を、すぐ釈放しろ。

さもないと、大変なことになるぞ。 K〉

ワープロの文字は、それだけだった。

「大変なことというのが、何なのか、問題ですね」

「それは、この人が答えてくれるよ」

署長が、沼田内勤助役を見た。

沼田は、同じような白い封筒を出して、十津川に渡した。

「これが、うちの駅長のところにも、来たんですよ」

「多分、同じワープロで打ったんでしょうね」

と、十津川はいい、中身の便箋に眼を通した。

〈警察に行って、逮捕した男を、すぐ釈放するように頼め。

もし、あの男が釈放されなければ、上野駅で、死人が出ることになるぞ。何人も

だ。よく考えて、警察を動かせ。　K〉

「狙いは、上野駅というわけですか」

十津川は、手紙を置いた。署長はいった。

「君は、この手紙を、浜中が書いたと思うかね？」

「いや、思いませんね。私が聞いた範囲では、こんな脅迫状を書くタイプとは思えません」

「すると、三人目の人間がいることになるね」

「ひょっとすると、このKが主犯かもしれません」

「ところで、問題は、犯人が上野駅を狙っていることだ。しかも、死人が出ることになるんだといっている。前に、四人の男女が死んでいなければ、はったりだと思うんだがね」

「また、ホームレスに、青酸入りの酒やジュースを飲ませるつもりでしょうか？」

沼田が、心配そうにきいた。

「あるいは、キヨスクで売っている食べ物に、青酸を入れるか」

と、十津川はいってから、急に難しい顔になったのは、みかんの件を思い出したからである。

逮捕した男は、みかんに青酸液を注入したら変色して、すぐ気がつくはずだから、そんなことで、人は殺せないとせせら笑った。実験の結果は、そのとおりだった。

注入された青酸カリの濃度と経過時間によって、変色の度合いが違うが、今度の事件のように致死量（〇・一五グラム）が注入され、三時間以上もたつと、黒っぽく変色することがわかったのである。

それを思い出したのだ。

「犯人は、何人もの死人が出ることになると書いています」

と、沼田はいった。

「あるいは、上野駅の構内にある食堂などにも、青酸を混入してくるかもしれません」

「それも、十分に考えられますね」

と、十津川はいった。

沼田は、溜息をついた。

「ご存じのように、上野駅は、三月十四日から、新幹線が、地下駅から発車することになります。すでに、地下四階に、長さ四百十メートルの新幹線ホームも完成しています。工事は、最終段階に来ているわけです。三月十四日というスタートの期日は、もう発表されています。それが、この犯人によって、混乱したり、遅れたりすることは困るのです」

「それは、よくわかります」

と、署長が肯いた。

3

(犯人は、何を考えているのだろうか？)

と、十津川は、首をひねった。

逮捕した容疑者を、すぐ釈放しろと、手紙で書いても、警察がそのとおりにするとは、手紙の主だって思ってはいないだろう。

それに、上野駅で、一人、二人と乗客が死んでも、警察は、絶対に、あの男を釈放したりはしない。

そのことも、Ｋには、わかっているはずだ。

脅迫されて、犯人を釈放したのは、連合赤軍が、海外で民間機をハイジャックしたときだけである。

（この犯人は、連合赤軍にならって、上野発の列車をハイジャックする気でいるのだろうか？）

十津川がそう考えたとき、署長と沼田も、同じことが頭をかすめたらしく、

「列車ジャックでも、する気でしょうか？」

と、沼田が、いい、

「どうかね？　その可能性は」

と、署長が、十津川を見た。

「可能性は、ありますね。警察が、ただ一つ、容疑者を釈放するときがあるとすれば、ほかの生命が危険にさらされたときしか考えられませんから」

「どうしたら、いいでしょうかね？」

沼田が、蒼ざめた顔で十津川を見、署長を見た。

「上野を発着する列車は、一日何本くらい、あるんですか？」

十津川が、沼田にきいた。

「山手線や京浜東北線を入れると、大変な数になります」

と、沼田はいい、手帳を見ながら、次の数字をあげた。

	下り	上り	計
京浜東北線	二七三	二六六	五三九
山手線	二七二	二七四	五四六
東北本線	一三七	一三二	二六九
常磐線	一五九	一五九	三一八
高崎・上信越線	八二	八二	一六四
合　計	九二三	九一三	一八三六

「三月十四日からは、東北、上越の新幹線が発着します。それに、在来線も改正されますから、本数は変わって来ます」

と、沼田が、説明した。

「千八百本ですか」

十津川は、思わず溜息をついた。

しかも、どの列車にも、回送をのぞけば、百人単位の人間が乗っている。

航空機のハイジャックのような派手さはないが、列車ジャックのほうが、もし起これば、深刻だろう。

それに、狙われた場合、航空機のほうが防ぎやすい。空港で、ある程度、チェックできるが、列車の場合は、駅でのチェックは、まず不可能だった。

本数も乗客も多過ぎるし、駅には、本来、乗客をチェックする機能はないのだ。また、航空機は、発着空港が一つずつしかないが、列車の場合は、いくつもの駅に停まるから、すべての駅を警戒しなければならなくなるだろう。

「犯人が実行しようとしたら、防ぐ方法があるかね？」

署長がきいた。

4

「正直にいえば、まず不可能ですね」

十津川は、正直にいった。

「いやに簡単に、怖いことをいうねえ」

「何月何日の、どの列車が狙われているかわかれば、防げますが、一日千八百本の、どの列車かわからないとなると、まず不可能です」

「どうやっても、不可能かね？」

「千八百本の列車に、一人ずつ警官を乗せても、千八百人の警官が必要です。こんな多人数を、この事件のために、しかも、連日、動員することは不可能です。それに、一列車に一人では、どうしようもありません」

「国鉄職員も、乗っているが」

「それも、山手線や京浜東北線では、運転士と車掌の二人だけですし、運転士は、車内を監視できませんから、車掌一人と同じです。一人では、何両もの車両は、監視できません」

「犯人が、列車ジャックをしようとしたら、防げないということか」

「そうです」

と、十津川は、肯いてから、

「しかし、犯人側にも、ハイジャックと違った弱点があります。そのため、列車のほうが簡単なのに、これまでは起きなかったんだと思います」

「どんな弱点だね？」

署長がきき、沼田も真剣な眼で、十津川を見た。

「航空機の場合は、犯人の行きたいところへ行くことができます。国境を越えて、外国へでもです。日本と国交のない国へ飛び、亡命してしまえば、まず日本の警察に逮捕されることはありません。しかし、列車の場合は、そうはいかない。レールを外れて、自由には動けないからです。それに、外から列車を停めることも可能です。電線を切ってしまってもいいし、信号を赤にすれば、ＡＴＣなり、ＣＴＣが働いて、列車は自動的に停まってしまいます」

「そうだな」

と、署長が肯いた。

「つまり、列車ジャックは簡単ですが、犯人が逃げるのは、難しいことが、今まで日本で実行されなかった理由でしょう」

「すると、今度も、この犯人は、列車ジャックはしないかもしれないな。自分が捕まるのは、嫌だろうからね」

署長は、いくらか、愁眉《しゅうび》を開いた表情になった。

「どうなんですか？　十津川さん」

沼田がきく。

十津川は、沼田に向かって、

「もう一つ、列車ジャックの難しさがあります」

「どんなことですか？」

「ハイジャックの場合、飛行中なら、二、三人でも、乗客をコントロールできます。空中の飛行機から、乗客は、逃げ場所がないからです。空港に着陸したあとも、出口は二ヵ所しかないから、それを二人で押さえてしまえば、乗客は、どうしようもありません。乗客が何百人いても、最低二人でコントロールできる。しかし、列車はそうはいかないでしょう」

「そうだ。列車には、出口がたくさんありますよ。非常コックを引けば、乗客が列車を停められるし、ドアを開けて逃げられます」

「だから、犯人が、人質である乗客をコントロールしにくいんです。十二両編成の列車があるとすると、完全に乗客をコントロールしておくためには、一両に最低二人、合計二十四人の人数が必要になって来ます」

「犯人は、あと何人いると思いますか？」

「今、わかっているのは、手紙にKと署名している人間と、浜中の二人です」

「二人だけだったら、列車ジャックはできると、思いますか？」

「まず、不可能でしょうね」

「それなら――」

沼田が、ほっとした顔になるのへ、十津川は、

「相手の人数は、二人とは限りません。それに、持っている武器によっても。最低必要な人数も違って来ます」

と、いった。

署長は、明らかにいらだちを見せた。

「十津川君。君は、いったい、どっちだと思っているんだ？　犯人は、列車ジャックに出て来ると思っているのかね？　それとも、その線は、ないと思っているのかね？」

「ないと考えれば、気は楽になります」

と、十津川はいってから、厳しい表情になって、

「しかし、少しでも、列車ジャックの恐れがあれば、考慮せざるを得ません」

「しかし、その場合は、防ぐ方法がないんだろう？」

「そうですが、ただ手をこまぬいていることは、できません」

「どうするんだ？」

「少し、考える時間をください」

「犯人は、今すぐにも、行動を起こすかもしれんのだよ」

「犯人は、仲間を釈放しろ、さもなくばという形で、書いています。今日一日は、何もしないと、私は考えています」

「そんな勝手な期待を持って、大丈夫なのかね？」

「もし、犯人が急いでいれば、こんな手紙をよこさずに、いきなり列車ジャックをしていると思いますよ」

5

十津川が部屋に戻ると、何となく騒がしかった。

「どうしたんだ？　カメさん」

と、きくと、亀井が苦笑しながら、

「酔っ払いです」

「酔っ払い？」

「駅近くの飲み屋で、酔っ払ったうえ、店員を殴った男がいましてね。そいつを逮捕してきたんです」

「それで？」

「トイレに行かせてくれというので、行かせたら、この部屋に迷い込んで来て、いきなり、げいげいやり始めたんですよ」

「おい、おい」

十津川は、あわてて周囲を見廻した。

「大丈夫です。今、掃除しましたから」

と、亀井は、笑った。

「私たちも、早く今度の事件を解決して、呑気に酒でも飲みたいねえ。ところであの男は、まだ黙秘か？」

「頑固で、手を焼いています。あれは、何か企んでいますね。そうでなければ、こんなに長時間、頑張れませんよ」

亀井が、呆《あき》れた顔でいった。

「奴が待っていたのは、多分、これだろう」

十津川は、預かって来た二通の手紙を、亀井に見せた。

亀井は眼を通すと、舌打ちをして、

「なめてますね。こんな脅しで、釈放するとでも思っているんでしょうか？」

「だから、怖いのは、列車ジャックなんだ」

十津川は、署長や沼田内勤助役と話し合った内容を、亀井に説明して聞かせた。

「なるほど、何百人もの乗客の生命と引き換えということになると、あの男を釈放せざるを得なくなるかもしれませんね」

亀井は、腕を組んで考え込んでしまった。亀井にも、列車ジャックを防ぐことの難しさが、わかっているからだろう。

「いちばんいい防御の方法は、その前に犯人を逮捕することだが、とにかく、犯人が、どんな人間なのか、何人いるのかもわからないのでは、こちらの方針が立たない」

「留置してる男を、痛めつけてもいいのなら、何としてでも、共犯者の名前を、吐かせてみせますがね」

「私が、もう一度、会ってみよう」

と、十津川はいった。

取調室で、十津川は会った。訊問するのは、四度目である。

「いくらきかれても、いうことはないぜ」

と、男は、肩をすくめるようにしていった。

「名前は？」

と、十津川はきいた。

「忘れたな」

「どうだ？　何もかも話したらどうなんだ？　このままだと、君一人が、四人の殺人と、八千万円強奪事件を全部、引っかぶることになる。死刑は、まぬがれなくなるぞ」

「証拠はないさ」

「ずいぶん強気だな」

「――――」

「また、黙秘かね。共犯者が、何とかしてくれると思っているのかもしれないが、それは無理だよ。すでに共犯の一人は、逮捕した。有田モーターズで働いていた浜中英明だ。知っているな？」

十津川は、嘘をついた。

亀井が、それに調子を合わせて、

「向こうは、お前のことを知ってたぞ」

「よしてくれ」

男は手を振り、急に、にやにや笑い出した。

「何が、可笑《おか》しいんだ？」

「奴は、ただのチンピラだ。金が欲しいといってるのを聞いたから、使ってやっただけだ。おれのことを、くわしく知ってるはずがない。名前も教えてないからな。おれのことを知ってるといってるのは、あんたたちに、よく思われようっていう、はったりさ」

「彼が知らなくても、彼の女が、君のことを知ってるんじゃないか？　吉原の『赤い家』で働いてた女だよ」

「そんな女のことは、知らねえな」

男は、急に横を向いてしまった。

そのまま、不機嫌に黙り込んでしまった。

男を留置場に戻したあと、亀井が眼を輝かせて、

「はったりが、利きましたね」

「どうやら、香取ゆきが、あの男を知ってるようだな」

「すぐ、彼女に会いますか？」

「もちろんだ。時間がないんだ」

十津川は、亀井と、千束にある香取ゆきのマンションに急いだ。

マンションには、清水と田中の二人の刑事が張り込んでいた。

すでに、夕闇が立ち籠《こ》めている。十津川と亀井は、清水たちから、彼女がいるのを聞いてから、五階に上がっていった。

十津川は、ゆきに会うと、まず男の顔写真を見せた。

「この男を知ってるね？」

「知らないわ」

ゆきは、ちらっと見ただけで、そっぽを向いてしまった。

十津川の顔が、朱《あか》くなった。

「君は、浜中を助けたくないのか？　彼と一緒に、三月十四日の新幹線で、故郷へ帰るはずなんだろう？　今のままでは、彼とも別れなければならなくなるが、それでもいいのか？」

「――」

ゆきは、黙っていたが、顔色は変わっていた。明らかに、動揺の色が見えた。

十津川は、そんなゆきの顔を、じっと見つめた。

「浜中は、この男や仲間に、利用されているんだ。しかし、早く事件を解決しないと、浜中も重罪になる恐れがあるんだ。君が協力してくれれば、浜中を助けられるんだ。もう一度、よく写真を見てくれ」

それでも、まだ、ゆきは返事をしなかったが、写真を手に取ることはしてくれた。

「君は、その男に会ったことがあるね？」

十津川が、重ねてきくと、ゆきは、口の中で、ぶつぶつ呟いていた。

「どこの誰だね？」

と、十津川が、根気よくきいた。

「浜中くんを、本当に助けてくれるの？」

ゆきが、きき返した。

「助けたいと、思ってるよ」

「この男は、何回か店に来たわ」

「君の働いていた『赤い家』という店だね？」

「ええ」

「名前は？」

「朝倉《あさくら》と、いっていたわ」

「何をしている人間だね？」

「わからないけど、いつも、大きなことばかり、いってたわね。何千万かの資金で事業を始めようと思ってるとか、父親の遺産が、何億入ってくるとか」

「仲間の話はしてなかったかね？」

「すごく頭の切れる友だちがいて、事業をやるときは、その友だちと一緒にやるんだと、いってたわ」

「どんな友だちか、いってなかったかね？」

「くわしいことは聞いてないわ」

「朝倉の家が、どこにあるか知らないかな？」

「きいたことないけど、いつだったか、川向こうだって、いったことがあったわ」

「川向こう？」

「隅田川《すみだ》の向こうのこと。だから、向島《むこうじま》に住んでるんじゃないかと思ったけど」

「浜中を彼に紹介したのは、君なのか？」

「彼を紹介したんじゃないわ。この男が、いつだったか、バイクを買いたいんだが、いい店を知らないかってきいたから、浜中くんの働いている有田モーターズを紹介したのよ。そのあと、どうしたかは、聞いてないわ」

「君は、今、浜中がどこにいるか、本当に知らないのかね？」

「知らないわ」

「知っていたら、ぜひ、われわれに教えてほしいんだよ。今なら、彼は、朝倉たちにそそのかされて、車を運転しただけだが、このあとも、逃げ廻っていると、大変なことになるかもしれないからね」

「私だって心配してるわ、でも、連絡がないのよ」

その言葉に、嘘はない感じだった。

「しかし、浜中は、必ず君に連絡してくるよ」

と、亀井がいった。

「そうだといいけど」

「もし、彼から連絡が来たら、何とか説得するんだ。朝倉の仲間は、恐ろしいことを計画しているようだからね。それに引きずり込まれないうちに、浜中を逮捕したい。できれば、自首してもらいたいんだ」

と、十津川はいった。

6

十津川は、墨田警察署に連絡した。

漠然としたことだとはわかっていたが、管内に、朝倉という男が、いないかどうか調べてもらうことにした。

男の写真も渡した。

そのあと、十津川と亀井は、バイクタウンの有田モータースに廻った。

「浜中は、まだ現われませんよ」

と、社長は、当惑した顔で、十津川にいった。

十津川は、朝倉の写真を、社長や奥さんに見せた。

「この男が、バイクを買いに来ませんでしたか？」

「私は、見たことがないが」

と、社長はいい、店で働いている若者たちに、写真を見せてくれた。

四人いた若者たちのうちの一人が、写真の男を見たといった。

「来たのは、一ヵ月くらい前じゃなかったかな。浜中が、相手をしたんだ」

と、彼は、十津川に説明した。

「それで、この男は、バイクを買ったのかね？」

「買わなかったと思うな」

「それなのに、よく覚えてるね」

「上野の駅の近くで、この男と浜中が、一緒に歩いてるのを見たことがあったんだ。それだけじゃなくて、おれが喫茶店に入ったら、そこにも二人でいたんだよ」

「そのことについて、浜中本人に、何かきいたかね？」

「あの客は、バイクを買うのかときいたら、わからないといってたね。ただ、話を聞いてると、すごく面白いんだといってたよ」

「そのほかに？」

「金儲けの話があるみたいなことも、いってたけど、おれは、あんまりうまい話には、用心しろと、いったんだ」

と、その店員は、したり顔でいった。

結果的には、あまり進展は見られなかったが、朝倉と浜中との結びつきが、これでわかったような気がした。

十津川は、亀井を先に捜査本部に帰して、ひとりで、上野駅に向かった。

駅の構内に入ると、ちょうど見廻りに歩いていた沼田内勤助役と出会った。

「あの脅迫状の主のことで、何かわかりましたか？」

と、歩きながら、沼田がきく。

「残念ですが、まだ、どこの誰かわかりません。ただ、逮捕した男の名前が、朝倉だということだけは、わかりました。どこの誰かわかれば、相手が、どんな手段に出てくるかも想像がつくと思っているのです」

「まもなく、上野から新幹線が出ます。まさか、犯人は、それを狙ったりはしないでしょうね？」

「上野駅のいちばんの弱点というと、新幹線の地下駅になりますか？」

「そうですね。まだ、工事中ですから、弱いと思います。完成すれば、防災設備が完備しますが」

「試運転列車は、もう、地下のホームに入ってきているんでしょう？」

「そうです。これから、下へもぐってみますか」

沼田が誘い、十津川も階段を降りていった。

各階のコンコースもエスカレーターも、すでに出来上がっていたが、まだむき出しの感じである。

船でいえば、艤装《ぎそう》が進んでいるといったところだろう。

エスカレーターが止まっているので、二人は階段で行った。

一階コンコースから、幅の広い階段を降りるのだが、手すりを取りつけている最中だった。

どの階のコンコースでも、黄色いヘルメットに、紺色の作業服姿の人々が標識の取りつけや飾りつけの作業をしている。これで、三月十四日までに間に合うのだろうかと、心配になったが、日本人のことだから、きちんと間に合わせてしまうだろう。

地下四階には、長いホームが二本、その両側にレールが敷かれているので、四車線になっている。

試運転列車は、すでに出て行ってしまっていた。

19・20番線が上越新幹線、21・22番線が東北新幹線である。

「ここで、ダイナマイトでも爆発したら、どうなるかと考えて、肌寒くなることがありますよ」

と、沼田は、四百十メートルの長いホームを見つめながら、いった。

「三月十四日のオープンを目ざして、厖大《ぼうだい》な資金を注ぎ込んで来たわけでしょう？」

「大宮から、ここ上野までで、六千四百九十六億円かかっています。妙な犯人のせいで、それを、ふいには、したくはありませんからね」

沼田は、強い調子でいった。

(手紙の主が作業員に化けて、この地下駅に入り込み、爆発物を仕掛けたりするだろうか？)

そう考えたとき、十津川の背筋を、冷たいものが走った。

十分に、あり得るのだ。

まだ、各階に多数の作業員が入っている。まぎれ込んで、どこかに時限装置つきの爆発物を仕掛け、朝倉の釈放を要求してくることは、十分に考えられるのだ。

列車ジャックは、何人もの人間を必要とするが、こちらは、一人でも可能である。

「これから、三月十四日まで、毎日、警官に巡視させましょう」

十津川は、硬い表情でいった。

「やはり、十津川さんも、あの犯人が、ここにダイナマイトを仕掛ける可能性があると、お考えなんですね？」

沼田の表情も、硬くなっていた。

「上野駅のいちばんの売り物は、今のところ、三月十四日オープンの新幹線地下駅でしょう。犯人がそれに狙いをつけて、仲間の釈放を要求してくることは、十分に考えられますからね」

「いきなり、ダイナマイトを爆発させるようなことはしてきませんか？」

「それはないと思いますね。もし、そんなことを考えているなら、前もって、警察へ手紙などよこさないでしょう。あなたのほうも、作業員のチェックをしてください」

「わかりました」

と、沼田は肯いた。

鈍い音がして、エスカレーターの試運転が始まった。

十津川と沼田は、それに乗って、地上へ出た。

7

その日のうちに、上野駅派出所に、四名の警察官が増員され、交代で、新幹線地下駅の警戒にあたることになった。

翌朝、墨田警察署から、待ちかねていた報告が入った。

朝倉の家が見つかったという連絡である。

取るものも取りあえずという感じで、十津川と亀井が急行した。

隅田川にかかる言問橋《ことといばし》を渡ってすぐのところに建つマンションの三階だった。

墨田警察署の警察官が、マンションの前に待っていて、三〇五号室に案内してくれた。

「鍵がかかっていたので、こわしました」

と、若い警察官が、緊張した声でいった。

2DKの部屋である。

入ったとたん、十津川は、荒れた空気のようなものを感じた。

窓ガラスが割れているとか、襖《ふすま》が破れているというのではない。

コーヒーカップが汚れていたり、屑籠《くずかご》に、みかんの皮が放り込まれたままになっているのだ。そうしたものが、この部屋の主《あるじ》の荒れた生活を示していた。

真新しいテレビがあるかと思うと、スリッパは、片方だけになっている。

十津川と亀井は、洋服ダンスや机の引出しを、念入りに調べてみた。

だが、十津川たちの欲しいものは、どこにもなかった。

写真や手紙である。その中に、あの脅迫状の主がいるかもしれない。

しかし、見事なほど、写真も手紙もなかった。

「誰かが、持ち去ったんですね」

と亀井がいった。

「誰かというより、脅迫状の主だろう。朝倉から、自分のことが明らかになるのが怖くて、写真や手紙を持ち去ったんだ」

「しかし、朝倉が自供すれば、自然に、自分のこともわかってしまうとは、考えなかったんですかね？」

「だから、あんな手紙を、警察と国鉄に送りつけてきたんじゃないかね。助けようとしていると知れば、朝倉が、何も喋らずにいるだろうと計算したんだと思うね。普通なら、警告せずに、いきなり上野駅に何か仕掛けてくるだろう」

十津川と亀井は、一階に降りて、管理人に会ってみた。

六十歳ぐらいに見える管理人は、十津川の質問に対して、

「警察に捕まったのは、やっぱり朝倉さんでしたか。新聞で見たとき、そうじゃないかと思っていたんですよ」

と、いった。

それなら、なぜ早く警察にいって来てくれなかったのかと、十津川は思いながら、

「朝倉が、何をしていたか知りませんか？」

と、きいた。

「貿易の仕事をやっていたんじゃありませんか」

「なぜです？」

「名刺をもらいましたから」

管理人は、そういって、奥から一枚の名刺を持って来た。

〈ＡＢ交易　取締役　朝倉浩一郎《こういちろう》〉

と刷られた名刺だった。

「ＡＢ交易か」

十津川は苦笑した。どうせ、実体のない会社なのだろう。

「私も、出資しないかと誘われました。株主になれば、すごく儲かるといわれたんです」

管理人は、ニコニコしながらいった。

「それで、出資したんですか？」

「いえ。金がありませんでしたからね」

「朝倉のところに、よく来ていた人間を知りませんか？　男で、多分、四十歳前後だろうと思うんだが」

「さあ、覚えていませんが――」

「女性は、どうです？」

「夜遅く、ときどき女の人を連れて、帰って来ることがありましたね。ひと目で、水商売とわかる女性ばかりでしたがね」

「彼は、いつごろから、このマンションにいるんですか？」

「一年半前からです」

「ここへ来る前のことは、わかりませんか？」

「一度、聞いたことがありましたよ。何かで、ひどい裏切られ方をしたことがあったとか、いってましたよ。大金を損したとか――」

「本当だと思いましたか？」

「さあ、わかりません。朝倉さんは、ときどきホラを吹くこともありましたからね」

「この名刺は、お借りしますよ」

と、十津川はいった。

8

十津川と亀井は、捜査本部に戻ると、取調室に朝倉を連れ出し、名刺を突きつけた。

「君の名前が、やっとわかったよ」

「――――」

「向島三丁目のマンションも、調べさせてもらった」

十津川がいうと、朝倉の顔に動揺の色が走った。

彼は、仲間が、手紙や写真を持ち去ったのを知らない。動揺は、そのせいだろうか。

「君の仲間のことも、わかった」

と、十津川は、いってみた。

朝倉は、盗み見るように、十津川の顔色を窺《うかが》った。

十津川の言葉が、本当かどうか、考えているのだろう。

「まもなく、君の仲間も捕まる。その前に、何もかも話してしまわないか。捜査に協力したということで、裁判のときに情状酌量《しやくりよう》されるよ。君の仲間が捕まってからでは遅い。君は、殺人、恐喝で起訴されて、重罪はまぬがれない。そこを、よく考えたらどうだね？」

十津川は、じっと朝倉の顔を見すえた。

明らかに、朝倉は迷っているようだった。

「江藤《えとう》は、捕まりそうなのか？」

朝倉が、きいた。

「ああ、われわれは、今日中にでも逮捕できると思っている」

と、十津川はいった。

次の瞬間、十津川が、失敗《しま》ったと舌打ちしたのは、朝倉が、にやりと笑ったからである。

ふふっと、朝倉は、嫌な笑い方をした。

「危うく引っかかるところだったぜ」

と、朝倉がいった。

「何のことだ？」

「警察は、まだ何にもつかめていないんだ。江藤なんていないよ。警察も汚ない真似をするじゃないか」

　朝倉は、大げさに肩をすくめた。

「君の仲間は、必ず捕まるよ。警察に協力したほうがいい」

　十津川が、もう一度いったが、朝倉の態度は、もう変わらなかった。

「もう、話すことはないよ」

　と、朝倉はいった。

（この男は、仲間が、自分を助けてくれると信じているのだ）

　と、十津川は思った。

　その信念が崩れない限り、警察に協力はしないだろう。

　これ以上の訊問を諦《あきら》め、取調室を出ると、亀井が残念そうに、

「もう少しでしたね」

「嘘は、やはりボロが出るね」

　十津川は、苦笑した。

「私には、どうも、わからないことがあるんですが――」

「朝倉が、なぜ、これだけ仲間を庇《かば》うかということだろう？」

「警部も、それを不思議に思われていたんですか？」

「不思議に思うと同時に、怖くも思っていたんだよ」

十津川は、厳しい表情になって、亀井を見た。

「怖いというのは、どういうことですか？」

亀井がきく。

十津川は、煙草を取り出し、亀井にもすすめて、火をつけた。

禁煙しようと、いつも思うのだが、事件が難しい局面を迎えると、どうしても煙草を吸いたくなってくる。

「朝倉が仲間を庇うのは、必ず助け出してくれると、信じているからだ」

「私も、そう思います。現に、彼の仲間、Kというサインの男は、朝倉を釈放しろと、要求して来ていますからね」

「怖いのは、そこだよ。朝倉が信じるだけのものを、Kという男は、持っているんじゃないかね」

「どんな男でしょうか？」

「頭の切れる、冷静な男だろうね。しかも、手紙で、上野駅で人を殺すと書いたら、必ずそれを実行する奴なんだろう。だから、朝倉は、何としてでも、自分を助けてくれると信じているんだ」

「怖い男ですね」

「そうだよ。われわれは、そういう男を相手にしているんだ」

十津川は、その男の顔を、頭の中で思い描こうと試みた。

過去に、十津川は、何人もの犯罪者と会っている。

単純な悪人もいたし、妙に屈折した精神の持ち主もいた。

このKという犯人は、どんな人間なのだろうか？

ホームレスを、まるで、実験するみたいに、次々に毒殺していったところをみると、冷酷な男に思える。朝倉が実行したとしても、計画したのは、Kのように思えるのだ。

一億円を要求せず、八千万円という金額を要求したところには、奇妙な精神構造を見る気がする。

必要な金額が、八千万円ということなのか。普通の悪人なら、それに上のせして、一億円要求するだろう。だが、この男は、そうしないのだ。八千万円という半端《はんぱ》な金額を要求してきた。

自分は、必要としている金額しか奪《と》らないのだというのが、Kという男の心の支えなのかもしれない。

自分は、正当な要求をしているのだという、自己満足か。

おかしないい方かもしれないが、この男は、自分に誠実な人間なのだ。

自分に甘いというのとは、違う。もし、この男が、自分に甘い人間なら、仲間の朝倉が逮捕されたら、さっさと逃亡してしまうはずである。

だが、この男は、逃げようとしない。

お前が警察に捕まったら、必ず助け出してやると、約束したのだろう。

朝倉は、Ｋがその約束を守ることを、知っているのだ。だから、Ｋの秘密を、かたくなに守っているに違いない。

Ｋのような男は、何よりも、自分に忠実に行動する。自分は、約束を守る男だという意識に、忠実に動こうとする。

そのうえ、四人の男女を平気で殺す冷酷さを持っている。

香取ゆきから、電話が入った。

9

「今、浜中くんから、電話が入ったわ」

と、ゆきがいった。

「それで、今、どこにいるか、いったかね？」

「きいたんだけど、教えてくれないのよ。自首しなさいとも、いったんだけど」

「君に会いたいと、いわなかったかね？」

「いったわ」

「会う場所と時間を、約束したんじゃないのか？」

「違うわ」

「じゃあ、そこのマンションに来るといったのか？」

「会いたいけど、行けないといってたわ。ただ、自分が元気なことを知らせたくて、電話したんだといってるの。泣いてたみたいだったわ」

「これ以上、深入りするなと、いったのか？」

「いったわ」

「それで、浜中は、何といったんだ？」

「わかったとは、いってたけど、彼は、気が弱いところがあるから、引きずられてしまうかもしれないわ」

「近くから電話しているようだったかね？」

「わからないわ。どうしたらいいの？」

「きっと、また、電話してくると思うから、そのときは落ち着いて、何とかして、自首させるんだ。それができなければ、居場所を、きき出すだけでいい」

「もう一度、確かめておくけど、彼は、たいした罪には、ならないんでしょう？」

「今ならばね」

と、十津川はいってから、

「三月十四日には、上野から東北新幹線で、一緒に帰郷することになっているんだろう？」

「ええ」

「何時の列車に乗ることになっているんだね？」

すぐには、返事はなかった。間を置いてから、

「まだ切符を買ってないの。私は寝坊だから、午後の列車になると思うわ」

といい、電話を切ってしまった。

(嘘をついている)

と、十津川は思った。

二人して、カレンダーの三月十四日のところに、印をつけているのだ。

当然、並んで座って、帰りたいと思っているだろうし、新幹線の切符は、指定券を一ヵ月前から買えるはずである。

もう、買ってあるに違いない。

上野発の初列車は、上野—盛岡行きが、午前六時〇〇分、上野—仙台行きが、六時一八分になっている。

その初列車に乗るつもりでいるのか、それとも、違う時間の列車に乗るのかはわからないが、彼女と浜中が、一枚ずつ切符を持っていることは、間違いないだろう。

浜中は、それまで、どこかに身を隠していて、発車間際に、上野駅にやって来るつもりなのだろうか？

（どこを、逃げ廻っているのか？）

「香取ゆきからですか？」

と、勘のいい亀井が、きいた。

「ああ、そうだ。浜中から電話があったが、居所はいわなかったと、いっている」

「しかし、三月十四日には、二人で一緒に、上野発の新幹線に乗る気なんでしょう？」

「まだ、切符を買ってないといったが、あれは、明らかに嘘だ。もう、切符を買っているよ」

「何時の列車に乗るかわかれば、浜中は、逮捕できますね」

亀井が勢い込んでいったとき、署長が顔を出した。

「いいかね？」

と、十津川に、声をかけてから、

「今、福島県警から連絡があったよ」

「第四の殺人事件の件ですね？」

「そうだ。急行『まつしま3号』『ざおう1号』の車内で起きた殺人事件については、福島県警が捜査しているからね」

「いつ、朝倉の身柄を引き取りに来るんですか？」

「三月十四日の上野駅オープンの日に来ると、いっている」

「三月十四日ですか」

「何か、まずいことでもあるのかね？」

「例の手紙のことが、頭をよぎったものですから」

とだけ、十津川はいった。

署長は、眉を寄せた。

「もし、あの手紙のせいで、犯人移送の日時を変えたりしていたら、それこそ、警察の威信に傷がつくぞ。それに、Kという犯人は、三月十四日に、何かするとは、いってないんだ」

「そのとおりです」

「福島県警では、三月十四日と決めてしまったんだ。それを、こちらで変えてくれと要求するのは、まずいよ。朝倉の訊問は、もう終わっているんだろう？」

「まだ、きき出したいことは、いくらでもありますが、あの男は、口を割らないのです」

「福島県警へ移せば、話す気になるかもしれん。心細くなるだろうからね」

「県警は、三月十四日の何時に、引き取りに来るんですか？」

「いちばん早い列車で来て、すぐ朝倉を連れて帰りたいといっている。だから、こちらでも用意しておいてくれ」

署長は、そういって、部屋を出て行った。

亀井が、寄って来て、

「三月十四日ですか」

「この日は、忙しくなりそうだよ」

「犯人のKも、この日を狙ってくるでしょうか？」

「この日に、朝倉の移送があると知ったら、照準を合わせてくるだろうね。だから、日下たちにも、喋らんようにいっておいてくれないか」

「わかりました」

亀井は肯いた。

十津川は、東北新幹線の地図を思い浮かべた。

急行「まつしま3号」「ざおう1号」の車内で起きた殺人事件は、白河警察署に捜査本部を置いて、福島県警が調べている。

新白河まで移送するのなら、現在、大宮から、「あおば」で、一時間七分。上野―大宮間のリレー号の約三十分を入れて、一時間四十分である。

これでは、乗り換えがあって面倒だし、危険もあるので、三月十四日にしたのかもしれない。

十津川は、上野駅の派出所に電話を入れてみた。

べつに異状なしという返事が返って来た。

本来なら、それでほっとするところなのに、十津川は、不安が増すような気がした。

犯人のKも、三月十四日に照準を合わせて、それまで、じっと動かずにいるのではないか、という不安に襲われるのだ。

もし、そうだとすると、浜中英明と香取ゆきの帰郷、朝倉の移送、そして、犯人Kの攻撃が、三月十四日という一日に集中してしまう。

しかも、三月十四日は、新幹線上野駅のオープンの日だから、駅は、当然、混雑するだろう。

マスコミも取材に来るし、マニアも集まってくる。

Kが騒ぎを起こすには、絶好のチャンスである。

十津川が、そう考えるということは、犯人のKも、同じように考えるはずである。

もちろん、Kは、朝倉が移送されるのが、三月十四日とは知らないはずだ。

移送の日を秘匿《ひとく》できれば、犯人に一泡ふかせることも可能だ。

(だが、もし、知られてしまったら?)

第六章　三月十四日

1

何も起きないままに、三月十四日、新幹線上野駅開業の日を迎えた。

十津川は、捜査本部のある上野署で、午前四時十五分に眼をさました。

窓の外は、まだ暗い。

窓ガラスが曇っているところをみると、外はかなり寒いらしい。

十津川が顔を洗い、煙草に火をつける頃になると、亀井やほかの刑事たちも、次々に起き出して来た。

どの顔も緊張しているのは、今日が、犯人Kを逮捕できる日になりそうだという予感があったからである。

壁には、今日、三月十四日から、上野駅に発着する新幹線の時刻表が、貼り出してあった。

東北新幹線についていえば、上野駅を発《た》つ最初の列車は、「やまびこ31号」で、六時〇〇分上野発で、盛岡着が九時二一分になる。

上りの東北新幹線は、午前六時一四分仙台発の「やまびこ130号」がある。

福島県警は、いちばん早い列車で、犯人の朝倉を引き取りに来るといっているから、この列車に乗るのだろう。

「やまびこ130号」の福島発は六時四〇分で、上野には八時二三分に着く。

上野駅からは、上越新幹線も出る。こちらのほうの始発は、六時二二分上野発の「とき401号」で、この列車は各駅停車である。

新潟行きの「あさひ331号」の上野発は、午前七時一〇分。

上野着のほうは、午前六時三一分に、越後《えちご》湯沢《ゆざわ》を出た「とき450号」が、七時五六分に着く。

昨日、買っておいた菓子パンとインスタントコーヒーで、朝食になった。

窓を開けた若い日下刑事が、「ウッ。寒いや」と、あわてて、また閉めてしまった。

冷たい雨が降っている。

十津川は、嫌な気分になった。べつに縁起はかつがないが、こんな天気が嫌いなのだ。

午前五時になると、雨の中を十津川たちは、わざとばらばらに署を出て、上野駅に向かった。

服装もまちまちになっている。背広姿もいれば、ジャンパー姿もいる。

十津川は、亀井と二人で、上野駅に着いた。

普段ならまだ、ラッシュアワーには遠く、駅の構内も静かなのだが、今日は、何となく騒然としている。

新幹線乗車口に行くと、切符売場に、百人を超す人たちが集まっていた。若者が多い。

鉄道マニアらしい子供もいる。

見ていると、乗車券を買っているのではなく、入場券を買い求めているのである。

考えてみれば、今日の一番列車の切符は、すでに売り切れているだろう。

入場券を買った人たちは、カメラや、中にはビデオを持って、地下四階にある新幹線ホームに急ぐ。

十津川と亀井も改札口を通り、ゆっくりとエスカレーターに向かって、歩いて行った。

二人の横を、カメラやテープレコーダーを持った少年たちが、駈け抜けて行く。

上野駅は、古めかしく、くすんだ印象の駅で、それがまた、東北の匂いのように思えて、人気があったのだが、新幹線コンコースのほうは、近代的で明るかった。

新聞に紹介されていた上野四季繁栄図《はんえい》や、青森ねぶたまつりの巨大な壁画も、今までの上野駅とは違ったイメージを与えている。

地下四階ホームまでの直通エスカレーターもあるが、二人は、わざと各階止まりのエスカレーターに乗った。

地下四階のホームに着いた。

21番線には、一番列車の盛岡行き「やまびこ31号」が、すでに、白とグリーンの爽《さわ》やかな車体を横たえていた。

午前六時〇〇分の発車まで、あと十六分ある。

ゆきと浜中が、この一番列車に乗る気ではないかと思い、十津川は、亀井とホームを歩きながら、車内をのぞいていった。

グリーン車も指定席も、満員である。自由席のほうは、通路に立っている乗客もいる。やはり、一番列車に乗りたいという希望者が多いのだろう。

だが、ゆきの顔は、見当たらなかった。

ときどき車内で、フラッシュが光るのは、マニアが、ホームに向かってカメラのシャッターを押しているのだ。

車内で、乗客にマイクを突きつけているテレビのレポーターもいる。

「どうやら、浜中とゆきの二人は、一番列車ではないらしい」

十津川は、小声で、亀井にいった。

六時ジャストに、一番列車が発車した。

何も起きない。

2

ホームは、賑やかだった。

「祝東北・上越新幹線上野駅開業」と書かれたアーチの下では、制服姿の吹奏楽団が、何回も、上野駅のテーマ曲である「花」を演奏している。

国鉄総裁らによるテープカットが、何回も行なわれ、そのたびに集まった報道陣や、マニアのフラッシュが集中する。

クス玉が割れる。

東北、上越両新幹線の沿線の町から、上野にやって来たコンパニオンたちが、次々に登場する。

ミス・こけし、ミス・北上、ミス・雪の女王といった若い娘たちである。それぞれに、揃いの服姿で、タスキをかけ、りんごを配ったり、ミニこけしを配ったりしている。

十津川と亀井は、地下一階にある防災センターに入った。

沼田助役も、その部屋に来ていた。

何台ものモニターテレビによって、各階の、いくつかの場所の監視ができるようになっている。

防災用だが、今日は、犯行の防止に役立てられるかもしれない。

地下四階のホームは相変わらず、報道関係者やマニアで、いっぱいだった。

「これから、団体専用列車が、21番線から発車するところです」

と、沼田がいった。

なるほど、モニターテレビの一つに、中年の団体客が、ぞろぞろと乗り込むところが映っている。

十津川が、腕時計に眼をやった。

ちょうど八時になったところである。

「八時一四分の『やまびこ１０３号』です」

と、沼田がいった。

「どこかの会社か何かですか？」

「いや、一般から募集した団体ツアーです。東北新幹線で、上山《かみのやま》温泉へ行き、帰りは、新潟を廻って、上越新幹線で帰京するというものです。料金は、三万五千円です」

と、沼田がいう。

また、ホームでは、テープカットが行なわれ、団体の代表に花束が贈られてから、発車していった。

騒がしいが、平和な光景でもある。

どこにも、事件が予見される空気はない。

十津川は、並んだモニターテレビを、順番に見ていった。

一階コンコース。

地下一階、地下三階、そして、地下四階のホームと見ていく。

乗客の流れの向こうに、じっと立っている日下刑事たちが、見えたりする。

上野署に電話していた亀井が、受話器を置いて、

「今、福島県警の刑事二人が、朝倉を受け取りに、着いたそうです」

と、十津川にいった。

「何時の列車で、連れて帰ることになっていたんだったかな？」

「向こうは、一刻も早く連れ帰って、訊問したいようですが、一一時〇〇分の盛岡行き『やまびこ49号』で、ということになっています」

「そうだったね」

と、十津川は、肯いた。

忘れていたわけではない。確認したかったのである。

あと、二時間十五分あった。

その間、犯人Kは、何もしないだろうか？

(犯人が、今日の一一時〇〇分発の『やまびこ49号』で、朝倉を、福島へ連れて行くことを知らなければ、いつ、実力行使に出てくるかわからない)

と、十津川は思う。

問題は、Kが、どんな手段に訴えてくるかである。

また、ホームレスを、毒殺しようとするだろうか？　それとも、列車ジャックか？　あるいは、上野駅を爆破しようとするのか？

十津川は、モニターテレビを見ているだけでは不安になってきて、亀井を促すと、防災センターを出た。

新幹線コンコースを出て、上野駅中央広場に行ってみると、ここでは、東北、上越両新幹線の沿線の郷土芸能の実演が始まっていた。

これにも、報道陣や見物客が集まってきて、カメラで写している。

東北や上越は、民謡の宝庫といわれるだけに、出し物も多い。

青森のねぶた、秋田の竿灯《かんとう》、仙台の七夕《たなばた》といった飾りつけの下で、八木節《やぎぶし》とか、鬼《おに》剣舞《けんばい》などの実演が続く。

観光客を誘致するための宣伝に来ているらしく、十津川にも、パンフレットを渡してよこした。

そんな賑やかさとは裏腹に、待合室をのぞくと、相変わらずホームレスが、一人、二人と、ベンチに、所在なげに腰を下ろしているのが見えた。

ふいに、亀井の持っていたトランシーバーに、連絡が入った。

「今、駅長室に、犯人から連絡があったようです」

「すぐ、行ってみる」

と、亀井は、緊張した声で答えた。

十津川と亀井は、駅長室に向かって駈けた。

駅長室には、駅長の堀井、首席助役の細木、それに、公安室長の山崎の三人が集まっていた。

「犯人が、連絡してきたそうですね」

十津川は、三人に向かって声をかけた。

「今、電話がありました」

と、細木首席助役が、いった。

「どんな電話ですか？」

「とにかく、テープを聞いてください」

細木は、電話に接続されているテープレコーダーの再生ボタンを押して、ボリュームをあげた。

静かだった室内に、緊張した空気が流れた。

「もし、もし」

「駅長か？」

「ああ、私だ」

「おれは、Kだ。覚えてるか？」

「もちろん、覚えてる。つまらないことはやめて、すぐ自首しなさい」

「笑わせるな。いいか、これから、おれのいうことを、警察に伝えるんだ」

「警察？」

「そっちに、警察が行ってることは、わかってるんだ。こう伝えるんだ。十一時までに、おれの仲間を釈放しろ。さもないと、十一時に、上野駅で事件が起こるぞ」

「どんな事件が、起きるというんだね？」

「それは、いえないが、下手すると、死人が出ることになる。その責任は、警察と国鉄にあるんだ。もう一度いう。十一時までに、おれの仲間を釈放しないと、上野駅で事件が起きるぞ」

「何をする気なんだ？」

　返事がないまま、テープは終わりだった。男は、いいたいことだけいうと、さっさと電話を切ってしまったらしい。

十津川は、腕時計に眼をやった。

午前十時になったところだった。犯人が指定した十一時までには、あと一時間ある。

堀井駅長は、十津川を見て、

「警察は、絶対に、朝倉を釈放したりはしないんでしょうね？」

「もちろんです。共犯者から脅迫されるたびに、逮捕した犯人を釈放していたら、警察は崩壊してしまいますからね」

「十一時になったら、犯人は、何をするつもりだと思いますか？」

「前に脅迫状が届いたとき、検討してみたことがあったのです。そのときも、犯人の脅迫状の中に、『仲間を釈放しないと、上野駅で死人が出ることになるぞ』と、いって来ましたね」

「どんなことが、考えられたわけですか？」

「いくつかの可能性を考えてみました。列車ジャックとか、上野駅のどこかに、爆発物を仕掛けるとかいったことです」

「犯人は、やるでしょうか？」

「何人も人間を殺していますから、やると思っていたほうが、いいと思いますね」

べつに脅かす気ではなく、十津川はいった。

「どうしたら、いいんですか？　黙って、何もせずに、十一時になるのを待っているわけにはいきませんが」

公安室長の山崎が、眉をひそめていった。まるで、十津川を睨みつけるような眼をしている。

「もちろん、十一時まで、無為に過ごすことはできません。列車ジャック、爆破、毒殺、どれも可能性があります。この三つに対して、予防処置をとる必要があると思います」

と、十津川はいった。

「しかし、どうすれば、いいんですか？」

細木がきいた。

「列車ジャックについては、これから、十一時までに、上野から出発する列車に注意したほうがいいと思います」

「狙われるとすれば、新幹線ですか？」

「多分、そうでしょう。いちばん効果的ですからね」

「じゃあ、各列車に、公安官を同乗させましょう」

山崎公安室長がいった。

「爆破については、犯人は、すでに時限装置つきの爆発物を、駅の構内のどこかに仕掛けたと考えたほうがいいと思います」

「駅員を動員して、調べさせましょう」

これは、細木がいった。

「毒殺は、どうですか？　また、ホームレスを狙うと思いますか？」

堀井駅長がきいた。

十津川は、腕を組んで考えていたが、

「ホームレスが狙われることはあるかもしれませんが、売店のみかんに、青酸をということは、ないと思いますね」

「なぜですか？」

「売店のみかんや飲食物に、青酸が混入されたとしても、それを買った乗客が、いつ食べるかわからないからです。犯人は十一時までと、時間を区切っていますから、いつ食べるかわからないといった手段は、取らないでしょう」

「ホームレスはどうですか？　今日も、構内を見て廻ったら、何人か、たむろしていました。顔見知りもいましたよ」

細木がきく。

「もし、毒殺するとしたら、ホームレスでしょうね。彼らなら、前の例でもわかったように、簡単に殺せるからです。しかし、十一時前には殺せない。それでは、脅迫が無意味になってしまうからです。とすると、十一時まで、注意を払わなくていいと思いますね」

と、十津川はいった。

「それでは、まず、爆発物を探すことですね」

堀井がいった。

3

十津川と亀井は、外へ出た。

「あのことは、おっしゃいませんでしたね」

亀井が歩きながら、十津川にいった。

「ああ。いたずらに、不安をかき立てても、仕方がないからね」

と、十津川が答えた。

「十一時と、犯人が限定してきたのは、偶然でしょうか？」

亀井が、難しい顔で考え込んでいる。

「偶然と思いたいね。福島県警の刑事が、十一時の『やまびこ』で、朝倉を移送することは、捜査本部の人間と、警視庁の上層部しか知らないはずだからね。犯人が、それを知っているとは思えない」

と、十津川はいった。

しかも、一一時〇〇分上野発の「やまびこ49号」を使用することに決めたのは、今日、福島県警の刑事二人が、こちらに着いてからである。

それが、犯人に知られたとは、どうしても考えられなかった。

「しかし、どうも気になりますね」

亀井が、正直にいう。

十津川も、内心は、気になっていた。

犯人は、十一時までに朝倉を釈放しろと、要求して来た。

なぜ、正午までにといわずに、十一時なのだろうか。

まさかとは思うが、ひょっとして、十一時に朝倉を移送することを知っているのではないかと、疑いたくなってしまう。

「気になるのは、私も同じだ」

と、十津川もいった。

「移送の時間を変更するように、本部長にいいますか？」

「いや、犯人が、もし、警察の内部に耳を持っていて、十一時の移送を知っているとしたら、変更しても、またわかってしまうだろう。それに、びくびくして、いろいろ予定を変えてはいられないよ」

十津川は、強い声でいった。

こちらが疑心暗鬼にとらわれて、浮き足立てば、かえって犯人の思う壺に、はまってしまうだろう。犯人は、それを狙って、脅迫して来ているに違いないからである。

中央広場では、まだ、お祭りさわぎが続いていた。

上州八木節と染め抜いたハッピ姿で、鉢巻をした女性たちが、太鼓に合わせて踊っている。

甲冑《かっちゅう》姿の上杉軍団は、中央広場から新幹線の改札口に移動して、乗客たちに山形県米沢市の観光パンフレットを配っていた。

地元上野駅周辺の旅館組合からは、従業員がやって来て、新幹線から降りて来る乗客に、宿泊サービス券を配っているのが眼に入った。

そういえば、アメ横では、新幹線の最高二百四十キロのスピードに合わせて、二百四十円均一セールもやっているという。

（この浮かれた空気の中で、犯人は、いったい何をやろうとしているのだろうか？）

十津川は、不安が高まってくるのを覚えた。爆発でも起きれば、混乱は必至だった。

駅員、公安官、警察官が、上野駅の構内を歩き廻って、爆発物の発見に努めた。

一方、公安官は、二名ずつ、上野を出発する新幹線や、ほかの列車に乗り込んだ。

十津川と亀井も、新幹線駅の各階を、隅から隅まで調べていった。

屑物入れ、電話機の裏、ベンチの下など探すところは、いくらでもあった。

顔見知りの新聞記者が、寄って来て、

「何か事件ですか？」

「例のホームレス殺しと関係があるんですか？」

と、質問を浴びせてくる。

今は、朝倉の移送のことも、新しい犯人の脅迫電話のことも、口にすべきではないと考え、十津川は、煙草をくわえ、

「これだけ、人出が多いと、事故が起きるんじゃないかと、心配で見て廻っているん

だ」

「捜査一課の刑事さんが、乗客の整理ですか？」

「例の犯人から、また何か、いって来たんじゃないですか？　まだ、主犯は捕まってないというのは、本当なんでしょう？」

「われわれだって、警邏《けいら》の仕事は、やるよ」

十津川は、あくまで惚《とぼ》けていい、亀井を促して、地下にある防災センターへ入って行った。

沼田内勤助役は、ここで、さっきと同じように、並んだテレビ画面を見つめていた。

犯人からの電話のことは、連絡を受けていて、沼田は、モニターテレビを見つめながら、

「十一時になったら、犯人は、何をやるつもりですかね？」

と、十津川たちに、声をかけた。

「わかりませんね。しかし、新幹線の各階コンコースやホームに、爆発物を仕掛けた形跡はありませんよ」

「私もずっと、モニターテレビで監視していますが、挙動不審な人間は見当たりませ

んね」

「あのセレモニーは、いつまで続くんですか？」

亀井が、モニターテレビの一つを指さした。

地下四階の新幹線ホームでは、相変わらず、東京北鉄道管理局の吹奏楽団二十人が、演奏を続けている。

「昼休みはとるはずです」

と、沼田がいう。

「じゃあ、十一時にも、あそこにいるわけですか？」

「と思います」

沼田がいったとき、センターの電話が鳴った。

受話器を取った職員が、十津川の名前を呼んだ。

十津川が受話器を受け取ると、捜査本部に残っている田中刑事からだった。

「十一時三十分前に、朝倉を連れて、福島県警の刑事が出発します。私も、列車に乗るまで、ついて行きますが」

「コンコースやホームは、人でいっぱいだよ」

「それなんですが、エスカレーターでホームへ降りるのは危険だというので、駅のほうに話をして、業務用エレベーターを使わせてもらうことにしました。私は、むしろ、エスカレーターで行き、犯人が、仲間を奪取するために現われたところを逮捕したほうが簡単だと思うんですが、本部長は、安全第一ということで――」

「それは、仕方がないさ。責任者は、いつだって、危険はおかせないよ」

十津川は笑っていい、電話を切った。

4

十津川は、本部長や国鉄側の了解を取って、急遽《きゅうきょ》、防災センターを臨時の捜査本部にすることにした。

犯人のKが、どんな手段に出るかはわからないが、場所は、上野駅か、上野駅から出発する列車のはずである。

それならば、離れた上野署より、新幹線コンコースの地下一階にある防災センターのほうが、素早く対応できる。

防災センターには、十津川たちが集まって、協議できるスペースもあった。

災害が起きたとき、消防署の職員が詰められるだけのスペースを設けてある。それを、今日は、十津川たちが使うことにした。

しかし、いちばんの魅力は、やはり、監視用のモニターテレビである。

六台のモニターテレビが映し出すのは、新幹線ホームやコンコースだけではない。カメラの置かれている場所は、九十ヵ所で、在来線のホームやコンコースも、カバーしているのである。

監視カメラの置かれた場所と、カメラの方向は、次のとおりだった。

新幹線ホーム

1	19番1号車	9	予備
2	20番1号車	10	〃
3	幹線1A階段	11	21番1号車
4	幹第1〜3号車	12	22番2号車
5	幹線1B階段	13	幹線2A階段
6	〃 1C階段	14	幹第2〜3号車
7	〃 1D階段	15	幹線2B階段
8	〃 1E階段	16	〃 2C階段

17 幹線2D階段
18 〃2E階段
19 予備
20 〃

新幹線コンコース

21 B^3—4号エスカレーター
22 B^3—1A階段
23 B^3—行列場所
24 B^3—C階段
25 B^3—5号エスカレーター
26 B^3—1D階段
27 B^3—2D階段
28 B^3—7号エスカレーター
29 B^3—1E階段
30 B^3—2E階段
31 B^3—8号エスカレーター
32 予備
33 B^1—4号エスカレーター
34 B^1—幹線団体待合室
35 1F—乗換改札
36 1F幹線柵内A
37 1F〃B
38 1F〃C
39 2F—乗換出札
40 3Fエスカレーター周辺
41 3F—乗換改札
42 公園コンコース
43 3F—乗換出札
44 予備

45　予備

高架ホーム

46　電車第１東京方向
47　〃第２〃方向
48　高架第３〃方向
49　〃第４〃
50　〃５Ｅ階段下
51　高架６Ｅ階段下
52　予備
53　〃
54　〃
55　〃

地平ホーム

56　地平第１東京方向
57　〃１階段
58　〃第２東京方向
59　〃２階段
60　〃第３東京方向
61　地平３Ｂ階段
62　〃第４東京方向
63　〃４Ｂエスカレーター
64　予備
65　〃

在来線コンコース

66 不忍《しのばず》口広場
67 〃 改札
68 広小路口広場
69 正面玄関
70 みどりの窓口
71 正面玄関広場
72 中央改札
73 〃 柵内
74 団体待合所
75 浅草口A広場
76 予備
77 中央乗換通路A
78 〃 B
79 公園口改札
80 公園口通路A
81 〃 B
82 浅草口改札
83 連絡橋連絡通路
84 連絡橋A
85 〃 B
86 〃 C
87 浅草口C広場
88 入谷口通路
89 〃 A階段
90 〃 広場

広い上野駅構内の、ほとんどをカバーしているといっていいだろう。

並んだ六台のモニターテレビのうち、1番から5番までは、卓上のボタンを押すことで、希望のカメラ位置に切りかえられる。

右端の6番テレビは、二秒間隔で、カメラNo.1〜90まで、自動的に変わっていく。

普段は、二人の職員で、六台のテレビを監視しているが、今日は、沼田助役と十津川たちが、監視することになった。

ほかにも、十津川が、ここを選んだ理由がある。

防災センターは、放送センターを兼ねていて、ここから、京浜東北線、山手線以外のホームのアナウンス、場内アナウンスができることである。構内で混乱が起きたとき、場内放送で乗客を静め、誘導させることができるだろう。

もう一つ、十津川が気に入ったのは、部屋の端に、消防隊専用の無線機用の中継器があることだった。

新幹線ホームは地下四階にあるので、上のコンコースとの間で、トランシーバーでの連絡は不可能である。だが、この簡易中継器を使用すれば、地下四階まで無線が届く。今日は、その無線を使って、各所に配置された刑事たちと連絡をとるつもりだった。

駅長室にも、数は少ないが、モニターテレビが置かれている。

堀井駅長と細木首席助役は、そのモニターテレビで、事態を見守ることにした。

5

十時三十分。

福島県警の刑事二人が、朝倉を連れて、上野署を出発して、駅に向かった。

田中刑事が、同行した。

いぜんとして、冷たい雨が降り注いでいたし、犯人の出方も心配なので、短い距離だったが、車で上野駅まで運ばれた。

朝倉は、ひとまず、十津川たちのいる防災センターに入れた。

地下四階のホームには、発車直前に降ろしたほうが、安全だと考えたからである。

前手錠で、椅子に座らされた朝倉は、じっと十津川を睨《にら》んで、

「やけに、ものものしいな」

と、ふてくされた声を出した。

「君の仲間が、馬鹿なことをしようとしているからだ。もし、死人が出れば、君も殺人の共犯になる」

十津川が厳しい顔でいうと、朝倉は眉をひそめて、

「なぜ、おれが？　おれは、ちゃんと捕まってるんだ。人殺しのできるはずがないだろう？」

「ちゃんと捕まってるは、よかったな」

亀井が笑った。

十津川は、ちらりとモニターテレビに眼をやってから、

「君たちは、すでに、三人のホームレスと一人の乗客を殺しているんだ。今ならば、殺したのは、逃げ廻っている男で、君はただ命令どおりに動いたと、公判で、判事は思うかもしれん」

「そのとおりだよ。おれは、何もしていない」

「だがね。君が、警察に非協力的で、これ以上、死人が出れば、判事はどう判断するかな。君も、四人の殺人については共犯だと断定される。殺人者になる。よく考えるんだ。今、主犯の名前をいって、われわれに協力すれば、公判のときには、情状酌量されるかもしれないぞ」

「――――」

朝倉は、黙ってしまった。

ずるそうな眼になって、十津川を見、亀井を見、そして自分を連れて行こうとしている福島県警の二人の刑事を見ている。

どうすれば、いちばんトクかを計算しているのだろう。

「どうだ？　逃げている男の名前を教えないか？」

十津川が、優しくいった。

だが、朝倉は、あごを突き出すようにして、

「あいつは、おれを助けてくれるさ」

「おめでたいな。もう、君を置き去りにして、高飛びしちまってるぞ」

「そんなことはない！」

急に、朝倉は大声を出した。

「おめでたい奴だ」

「彼は、絶対に、おれを助けに来てくれるんだ。そういう男なんだ」

「よく、モニターテレビを見てみろよ。どこに、助けに来てくれてるんだ？　これが、最後のチャンスだぞ。警察に協力して、仲間の名前を教えるんだ」

十津川がいったとき、モニターテレビを見ていた日下刑事が、突然、

「香取ゆきです！」

と、叫んだ。

十津川たちの眼が、一斉に、日下の前にある1番テレビに注がれた。

「33番です」

「地下一階、4号エスカレーターだね」

「そうです。今、スクリーンから消えました」

「間違いなく、ゆきだったのか？」

「間違いありません。彼女です」

日下は、地下三階のエスカレーターのボタンを、押していった。

だが、香取ゆきの姿は見つからない。

日下は、今度は、階段のボタンを押していった。

見つからない。

「もう、新幹線ホームに行ってるかもしれないぞ」

十津川がいった。

日下は、東北新幹線のホームのボタンを押した。
11、12、13と押していく。
14番カメラのところで、やっとつかまえた。

新幹線列車の2号車から3号車が、停止するあたりである。

「浜中は、いないようだね」

「いません」

「とにかく、誰か、行ってくれ」

十津川がいうと、清水刑事と西本刑事が、すぐ防災センターを飛び出して行った。

「香取ゆきも、ひょっとすると、一一時〇〇分の『やまびこ49号』に乗るつもりなのかもしれませんね」

亀井が、新幹線ホームの映っている11番テレビを見ながら、十津川にいった。

「そうだな、十一時頃の列車で、故郷へ帰るのが、いちばんいいと思ったんだろう。一一時〇〇分に乗れば、仙台着は一三時三分。おそくも早くもないからね」

「しかし、これに、浜中も乗ることになっているとすると、面倒なことになるかもしれません」

「逆に、一挙に、すべてが解決するかもしれないよ」

十津川は、わざと楽観的ないい方をした。

まだ、犯人が何をする気か、十津川には判断がつかない。列車ジャックをする気なのか、それとも構内のどこかで、爆発を起こさせる気なのか、どちらにしろ、犠牲者が出ることが考えられる。だから、わざと楽観的ないい方をしたのだが。

「十津川さん。そろそろ出発します」

福島県警の刑事が立ち上がって、十津川に挨拶した。

五分前である。

今から、業務用エレベーターでホームへ降りれば、乗車と同時に発車になるだろう。

朝倉を、二人の県警の刑事が、両側から挟むようにして、それに田中刑事が同行して、センターを出て行った。

その直後だった。

6

突然、鈍い爆発音が聞こえ、防災センターが、かすかにゆれた。

「何だ？」

十津川は、亀井と顔を見合わせた。

防災センターにある非常用電話の赤ランプが、点滅を始めた。

沼田助役が手を伸ばして、受話器を取った。

「地下のゴミ収集所で爆発が起き、火災が発生しました！」

と、上ずった声が、飛び込んできた。

「地下のゴミ収集所？」

「そうです。大量の煙が発生、火災が広がる危険があります」

「くそ！」

と、沼田が舌打ちしたとき、今度は、防災センターの近くで、爆発が起きた。

前よりも、センターがふるえた。

「今度は、どこだ？」

沼田が叫んだとき、十津川は顔色を変えて、

「カメさん。エレベーターかもしれん」

「行ってみましょう」

二人は、防災センターを飛び出した。

十津川の直感は、当たっていた。

朝倉を乗せた業務用エレベーターは、地下三階まで降りたとき、内部で爆発を起こし、ドアは、ひん曲がって外側にめくれあがっていた。

血まみれになった三人の刑事が、朝倉を引きずるようにして、這い出してきた。

朝倉も、顔から血を流している。

地下三階のコンコースにいた乗客のうち、エレベーターの近くにいた数人が、それを見て悲鳴をあげた。

駈けつけた十津川と亀井が、すぐ防災センターに連絡し、救急車を呼んでもらうようにいった。

地下四階のホームでは、一一時〇〇分発車の「やまびこ49号」が、二度の震動で発車を中止していた。

防災センターでは、二度の震動が、地震ではないから安心してくださいと、構内放送をくり返した。

サイレンを鳴らして、二台、三台と、消防車が上野駅に到着した。

本格的な消火活動が開始されたが、地下のゴミ収集所で発生した火災は、可燃物が詰まっているところだけに、なかなか消えなかった。

黒煙が、地上のコンコースにも噴き上がってきて、乗客たちが逃げまどう。駅員たちが、必死になって誘導し、避難させる。

一方、救急車が着くと、十津川と亀井は、朝倉たち四人を、救急隊員の担架にのせるのを手伝った。

田中刑事たちは、怪我にもかかわらず、意識は、はっきりしていたが、朝倉は、いちばん負傷が大きく、意識を失っていた。

「申し訳ありません」

と、田中刑事が、担架で運ばれながら、十津川にいった。

「そんなことはいいが、どうだったんだ？」

十津川も、担架に付き添って歩きながら、田中にきいた。

「エレベーターに乗ったとき、隅に手押し車が置かれていました。屑籠《くずかご》がのっていました。業務用エレベーターだからというので、それに注意しなかったんです。その屑籠が、突然、爆発したんです」

「そうか」

「朝倉は、生きてますか？」

「大丈夫だよ。ただ、いちばん重傷のようだ」

「敵は、ドアのほうから来ると思って、奴をいちばん奥へ入れたのが、かえっていけなかったんです」

「もういい。喋るなよ」

と、十津川はいった。

救急車には、亀井を添乗させた。

十津川は、地下四階の新幹線ホームに降りてみた。

東北、上越の両線とも、運行を停止していた。

一一時〇〇分発の「やまびこ49号」は、まだ動いていなかった。

十津川を見つけて、西本刑事が近づいて来た。

「香取ゆきは、乗るのをやめたようです」

と、小声でいう。

「本当か？」

「エスカレーターで、上へ行ってしまいました」

「浜中のほうは、どうだ？」

「まだ、来ていません」

「ゆきは、何かおかしいと思って逃げ出したのかもしれないな。そうだとすると、浜中も、もう現われないだろう」

「私たちは、どうしますか？」

「もう少し、君も清水君も、ここにいてくれ。あるいは、浜中が現われるかもしれないからね」

7

防災センターに戻ると、沼田助役が、ほっとした顔で、十津川に、

「地下火災は、やっと下火になりましたが、まだ、煙が立ち籠めていて、消防隊員以外は、近づけません」

「地下のゴミ収集所でしたね？」

「そうです。この駅のゴミは、各ホームや、構内の何ヵ所かに設けられている投入口から投入すると、ベルトコンベアで地下に集められ、それを、民間の委託業者が、トラックで運び出すことになっています」

「それで、犯人は、前もって、構内に爆発物を仕掛けておく必要が、なかったんですよ。時間が来てから、ホームの投入口から、爆発物を投げ込んだんです。それが、ベルトコンベアの途中で爆発し、火災が発生したんでしょう」

「一日、トラックで三台から五台分のゴミが出ますからね。今日は、午前十一時までですが、それでも、莫大《ばくだい》な量でした。なかなか消えなかったのも、無理はありませ

ん」

「負傷者は、出ませんでしたか？」

「収集場では、二名の作業員が働いていました。その途中で爆発したのですが、作業員の一人が、全治五日間程度の軽傷だけですみました。エレベーターのほうは、どんな具合ですか？」

「刑事三人は、命に別状はないと思いますが、犯人の朝倉は、わかりません。救急車にのせたときも、意識は、ありませんでしたからね」

「彼の命を狙っての爆発だと思いますか？」

「ほかには考えられません。朝倉が死ねば、主犯の名前や住所も聞けなくなりますからね」

「しかし、主犯の男は、なぜ、業務用エレベーターを使うと、わかったんでしょう？　それに、十一時直前に爆発するようにセットされていたとすると、一一時〇〇分発の『やまびこ49号』に乗ることも、わかっていたんじゃありませんか？」

沼田がきいた。当然の疑問だった。

十津川の顔が、ゆがんだ。

確かに、情報が洩れていたとしか考えられない。

十一時直前に、業務用エレベーターを使って、朝倉を地下四階のホームに降ろし、「やまびこ49号」に乗せてしまう。これは、今日、捜査本部で決定したことで、マスコミも知らないことである。

上野駅の駅長や助役には知らせたが、それは、十一時直前に、業務用エレベーターを空《あ》けておいてもらいたかったからだ。

主犯の男は、それを知っていて、業務用エレベーターに、爆発物を仕掛けたとしか考えられない。

ゴミ収集所のほうは、陽動作戦だろう。

捜査本部や上野駅の上層部に、犯人の仲間がいるのだろうか？

一一時〇〇分発車のはずだった「やまびこ49号」は、十二分遅れて発車した。

香取ゆきと浜中も、とうとうこの列車には乗らなかった。

その直後である。K病院に救急車と一緒に行った亀井刑事から、電話が入った。

「朝倉は、死亡しました。何も、いい残しませんでした」

第七章　新たな要求

1

記者たちの要求で、その日の午後、設けられた記者会見は、当然、重苦しいものになった。

駅長室の隣りの会議室が使われ、上野駅の堀井駅長、細木首席助役、沼田内勤助役が、国鉄側から出席し、警察側として、本部長である上野署の署長と、十津川が出席した。

記者たちの質問は、まず警察の失態を突くことから始まった。

「警察は、朝倉から、主犯の名前を聞き出すこともできず、今度は、むざむざ死なせてしまった。この責任は重いと思いますが、どう考えてるんですか？」

「責任は、感じています」

と、署長は、苦い顔でいった。

「どう感じているんですか？」

「主犯の男、それに、浜中を逮捕することで、責任を果たしたいと思っています」

「もう一つ。情報が、洩れているという感じは否《いな》めないんですが、その点は、どう思うんですか？」

「われわれが洩らしたということは、絶対ありません」

「しかし、情報が洩れたからこそ、十一時直前に、爆発事件が起きたわけでしょう？たんなる偶然と思っているんですか？」

「洩れた可能性は、否定していませんよ。しかし、われわれも国鉄側も、絶対に洩らしてはいないと、いっているんです」

署長は、むっとした顔で、記者に答えた。

「堀井駅長の考えも、聞きたいですね」

記者が、質問の矛先《ほこさき》を、駅長に向けた。

堀井は、困惑した表情で、

「私にも、なぜ、犯人に洩れたのか、わかりません」

「じゃあ、今後のことを質問します。主犯は、まんまと共犯の口を封じてしまった。これで、主犯の逮捕ができるんですか？　これは、実際の指揮に当たっている十津川警部に答えてもらいたいですね」

と、記者が、十津川を見た。

「必ず逮捕します」

十津川が短く答えると、記者は納得せず、

「具体的な見とおしを聞かせてほしいですね」

「朝倉は殺されてしまいましたが、浜中という青年は生きています。彼を逮捕すれば、主犯の男のことがわかります。それに、浜中は、朝倉が口封じに殺されたことを知りましたから、逮捕されれば、主犯の名前を、簡単に喋るだろうと見ています」

「それだけですか？」

「いや。もう一つ、主犯の男は、また、上野駅に、金銭を要求してくると思っています。そのときに、逮捕できると期待しています」

「なぜ、要求してくると、わかるんですか？」

「前に要求してきた額が、八千万円だったからです。一億円でなく、八千万円に、意味があると思うのです。この額は、どうしても欲しいということだとすると、また、要求してくると、私は思っています」

「もし、高飛びしてしまったら、どうするんですか？」

「どこまでも、追いかけて行きますよ」

と、十津川はいった。

2

ゴミ収集所の火災が、完全に収まったあと、消防署員と警察が、調査を始めた。

業務用エレベーターの調査も始められた。どんな爆発物が使われたか、時限装置は、何を使ったものかなどの結論が出るのは、明日になるだろう。

記者会見のあと、十津川は、K病院に、負傷した田中たち三人の刑事を見舞った。

三人とも、意外に元気だった。ある意味で、それは皮肉な感じだった。

エレベーターの中で、朝倉を守ろうと考え、彼を奥に押し込み、三人は、ドアの近くに立っていた。時限爆弾は、多分、朝倉の真うしろで爆発したのだ。彼は死亡し、彼の身体が盾になったために、三人の刑事は、致命傷を負わずにすんだらしい。

亀井も、十津川と一緒に、捜査本部に帰った。

「朝倉から、主犯の男のことを、一言でも聞けたらよかったんですが」

亀井は、戻る途中で、残念そうにいった。

「仕方がないさ。これからが問題だよ」

「こうなったら、どんなことをしてでも、主犯の男を捕まえなければ、腹の虫がおさまりませんよ」

「逮捕することと、情報洩れのことがある。この二つを、解決したい」

「警部も、情報が洩れたと思われますか？」

「偶然にしては、タイミングぴったりで、爆発が起きている。犯人は、少なくとも、われわれが、朝倉を一一時〇〇分発の『やまびこ49号』に乗せることは知っていたんだ」

「捜査本部の人間は、全員、信用できますよ。うちから、洩れるとは思えません」

「あと知っていたのは、上野駅の幹部だけだな。業務用エレベーターを、十一時直前に借りたいから、空けておいてくれと頼んだからね。しかし、今度の事件で、いちばん被害を受けているのは、上野駅だから、彼らが犯人に知らせるとは、考えられないがね」

「しかし、犯人は、十一時に朝倉を移送することを知っていたとしか、考えられません。ですから、どこからか情報が洩れたんですよ。私は、上野駅の関係者から、洩れたと思いますが」

亀井は、強硬に主張した。

十津川は、歩きながら、じっと考え込んでいた。

堀井駅長と細木首席助役、それに沼田内勤助役などの顔を思い浮かべてみた。彼らが、犯人に洩らすとは考えられない。だいいち、犯人が、上野駅の幹部に近いところにいるとは思えないのだ。

(とすると——?)

急に、十津川の顔色が変わった。

足が早くなった。

「どうされたんですか」

亀井が、心配してきく。

いつもの十津川なら、すぐ返事をするのだが、なぜか黙りこくったまま、上野署まで戻ってしまった。

捜査本部の貼り紙のある部屋に入ると、十津川は、しばらく見廻していたが、並んでいる机の裏側を、指先で調べ始めた。

その指先が急にとまって、何かをつまみあげた。

「カメさん。やっぱりあったよ。盗聴マイクだ」

十津川は、マイクを、手で覆《おお》うようにして、小声でいった。

「誰が、そんなものを——」

亀井がきく。

十津川は、それを、もう一度、机の裏側に取りつけてから、亀井を廊下に引っ張っていった。

「捜査本部の中に、犯人の味方がいるということですか？」

亀井が、蒼い顔できいた。

十津川は、手を振った。

「違うよ。犯人が取り付けたんだ」

「しかし、そんなことが——？」

「思い出したんだ。署長と駅長に白い封筒が届いてすぐのときに、酔っ払いが、迷い込んで来たことがあったじゃないか」

「そういえば——」

と、亀井は、あっという顔になって、

「下で調べていた酔っ払いが、上の部屋に入り込んで来たことがありましたね。あの男が――?」

「ほかには考えられないよ。あのときは、しかたのない酔っ払いだなと思って、笑いながら追い出したそうだが、あいつが、盗聴マイクを仕掛けたんだと思うね」

「すると、その男が、主犯の?」

「おそらくね」

「何という奴だ!」

亀井は、舌打ちしたあと、あわてて階下に駈け降りていった。

しばらくして戻って来た亀井は、待っていた十津川に、首を振って、

「酔っ払いとして保護したとき、一応、名前と住所をきいて書き留めていますが、今、調べさせたところ、でたらめでした」

「そうだろうね。カメさんは、あの男の顔を、覚えているかい?」

「それが、まさか、主犯の男が入って来たとは思いませんでしたからね。殺人事件を捜査しているのに、酔っ払いが邪魔しに来やがってと、追い払うのに精一杯で、顔もろくに覚えていないんです。ただ、酔っ払いとして連れて来た警察官が、かなり、相手の顔を覚えているようですから、彼の証言をもとにして、モンタージュを作ってみ

ます」

「そうしてくれ」

「あの盗聴マイクは、どうしますか？」

「しばらくは、あのままにしておこう。あれを利用して、犯人逮捕に役立てられるかもしれないからね。当分、カメさんと私だけの知識にしておこうじゃないか。本部長には、もちろん報告しておくがね」

「わかりました」

亀井が、ニヤッと笑った。

3

夕方には、若い警察官の証言に従って、問題の酔っ払いのモンタージュが出来上がった。

年齢は、四十歳前後、角張った顔で、唇はうすく、意志が強い感じがする。冷酷な感じでもある。

亀井は、闖入《ちんにゅう》した酔っ払いの顔を、よく見ていなかった。

殺人事件の捜査を進めているときに、邪魔だなとしか思わず、やみくもに追い出してしまったから、顔は、ほとんど見ていないのである。

モンタージュを見ても、亀井は、似ているか似ていないか、判断がつかなかった。

「酔っ払いを連行した警察官は、よく似ているといっていました」

と、亀井はいった。

ゴミ収集所と業務用エレベーターの爆発物を調べていた消防署と、科研からの報告も届いた。

どちらも、ダイナマイトと、時限装置を組み合わせたもので、時限装置は、N社製の小型の目覚まし時計が使われていたということだった。

配線などから見て、かなり爆発物についての知識のある人間、少なくとも理科系の知識のある者と、犯人について、所見が付け加えられていた。

その報告書と、モンタージュについて、十津川は、本部長である上野署の署長と署長室で、亀井を入れて検討した。

「盗聴マイクを逆利用するためには、このモンタージュは、マスコミには発表しないほうがいいと考えます」

と、十津川は、署長にいった。

こちらが、酔っ払いをマークしたとわかれば、犯人は、盗聴マイクが発見されたと考えるだろうからである。

「モンタージュの作成に協力した警官は、どうしたかね？」

「口止めしておきました」

と、亀井がいった。

署長は、モンタージュを、じっと見ながら、

「主犯はこの顔で、爆発物について、知識を持っている男ということか？」

「そうです。機械いじりの好きな男です」

十津川がいった。

「また、金を要求してくると思うかね？」

「必ず、上野駅長に要求してくると思っています」

「奴は、最初、朝倉を釈放しろと要求していたのに、なぜ、エレベーターに爆発物を仕掛けて、殺してしまったんだろう？」

「最初、朝倉を助け出そうと思っていたのは、本当だと思います。だからこそ、朝倉も、頑《がん》として、主犯の男の名前をいわなかったんだと思いますね。ところが、うまく釈放させられないし、助け出せそうもない。それで、口封じに殺してしまったんでし

ょう。親分肌だが、いざとなれば、仲間を殺してしまう冷酷さも、持ち合わせているということです。多分、朝倉は、主犯の親分肌のところだけ見ていて、冷酷さに気づかなかったんだと思いますね」

「気づいていれば、朝倉は、われわれに協力して、主犯の名前を教えたということかね？」

「そうですね。そうしていれば、朝倉も、命を落とさずにすんだと思いますね」

「浜中は、どうしているんだろう？　まだ、香取ゆきと一緒に、東北新幹線で、郷里に帰ろうと思っているだろうかね？」

「その気でいると思っています。ただ、浜中は、あくまでも使い走りです。放っておいても、今後、大きな事件を起こすとは思えません。問題は、やはり主犯のこの男を、一刻も早く逮捕することです」

十津川は、モンタージュを、指で叩いた。

しかし、主犯の男は、夜になっても、何も要求して来なかった。

4

翌朝は、雨もやみ、快晴になった。

上野駅は、昨日の喧騒《けんそう》が嘘のように、ひっそりと静まり返っていた。

新幹線ホームには、吹奏楽団の姿もなく、クス玉も片付けられてしまっている。

中央広場《コンコース》も静かである。

ただ、業務用エレベーターは、カバーで覆われ、作業員が、その中で修理に働いていた。

東北、上越の両新幹線は、時刻表どおりに発着している。

すべてが、正常に戻ったのだ。

だが、十津川たちは、それが完全なものでないことを知っていた。

Kという主犯が、上野駅を舞台に、また何かやるに違いないことを、感じていたからである。

十津川は、日下たち四人の刑事を、地下四階のホームに張り込ませておいた。

彼らには、モンタージュをコピーして持たせた。ただし、酔っ払いの一件は話さなかった。

地下一階の防災センターにも、刑事二人が、上野駅の助役たちと詰めて、モニターテレビの監視にあたった。

ここにもモンタージュのコピーを配り、この男を見たら、すぐ、警察に連絡するように、頼んでおいた。

堀井駅長と細木首席助役には、十津川と亀井が出向いて、モンタージュを渡した。

二人には、真相を話した。

「まったく、われわれが、うかつだったのです。申し訳ないと思っています」

と、十津川は、堀井と細木に詫びた。

「いや、仕方のないことだと思いますよ。とにかく犯人を逮捕すれば、解決することです。犯人は連絡してくると思いますか？」

堀井駅長が、十津川にきいた。

「それは、必ず連絡してきます。金が欲しかったからこそ、主犯は、危険を無視して、東京にとどまっているんです。いや、この上野駅の近くに、とどまっているんです。もっと正確にいえば、あの盗聴マイクの電波のとどく範囲にですよ」

「範囲は、どのくらいですか？」

「一応、半径五キロとなっていますが、途中に、高いビルでもあれば、もっと狭くなるでしょう」

「では、その中に、主犯の男がいるとお考えですか？」

「いるか、あるいは、受信装置だけを、アパートかマンションに置いておいて、録音しておき、ときどき、それを聞いているのかもしれません。今、五キロ以内を調べています」

十津川がいったとき、駅長室の電話が鳴った。

堀井が、受話器を取る。

男の声が、聞こえた。

「公園口近くのコインロッカーを見ろ。ナンバーは、〇〇〇三番だ」

それだけいって、電話は切れてしまった。

「行ってみましょう」

と、細木が、立ち上がった。

十津川と亀井が、彼に続いた。

新幹線の公園口出口の近く、連絡橋の横に、コインロッカーが並んでいた。

係員を呼び、犯人のいったナンバーを開けてもらった。

封筒が入っていた。

中身は、ワープロで打った手紙だった。

〈午後三時までに、一億円用意せよ。八千万円と、仲間の葬儀代その他が、二千万円だ。

そちらが早く釈放していれば、彼も死なずにすんだはずだから、責任をとってもらうのは、当然だろう。

午後四時に、連絡する。　K〉

「勝手なことをいいやがって。朝倉を殺したのは、自分じゃないか」

亀井が、腹立たしげにいった。

「いぜんとして、犯人は、八千万円にこだわっていますね」

駅長室に戻ってから、細木が、十津川にいった。

「そうです」

と、十津川は肯いてから、逆に、堀井駅長と細木に向かって、

「犯人は、国鉄全体に金を要求せずに、上野駅に要求しています。しかも、八千万円

という半端な金額です。何か思い当たることはありませんか？」

「どんなことですか？」

　堀井がきいた。

「そうですね。たとえば、駅の構内で、乗客の一人が死んだ。駅の責任だとして、八千万円を要求してきたが、裁判の結果、こちらが勝ったといったことです。老人なんかが階段から転げ落ちて、打ちどころが悪いと死亡する、といったことも考えられなくはないと思うんですがね」

「ちょっと思い出せませんね」

　上野駅の生き字引といわれる細木が、答えた。

「しかし、事故が皆無とは、いえないでしょう？」

「もちろん、皆無じゃありません。しかし、私が知っている限りでは、死亡事故は、一件だけで、これは、1番線の京浜、山手線の池袋方面行きで、ノイローゼの若い母親が投身自殺したもので、遺族からは、何も要求されていません。階段から落ちて負傷したケースは、三件か四件ありますが、いずれも軽傷で、問題になったことはありません」

「そうですか。ほかにはありませんか？」

「新幹線の上野開業に伴って、土地の買収問題がありましたが、これは、鉄建公団の仕事ですからね。もし、土地買収に関して損をしたと思っている人間がいたとしても、金を要求するのは、上野駅に対してではなく、鉄建公団に対してすると思いますね」

「上野駅の工事はどうですか？　連日、地下四階までの工事をしていたわけだから、騒音などで文句をいう人たちが、いたんじゃありませんか？」

亀井がきいた。

「それが、皆無だったとはいいませんが、駅周辺の業者は、新幹線が上野まで来ることで、商売がうまくいくと思っていますから、とても、協力してくれましたよ」

と、細木がいった。

十津川は、肩をすくめて、

「すると、八千万円という金額が要求されることで、心当たりはありませんか？」

「ありませんね」

と、堀井駅長は、断定してから、すぐ言葉を続けて、

「ただ、こういうことはあると思いますよ。この構内のことは、すべて、上野駅の責任にされるということです」

「と、いいますと？」

「この駅に、たくさんの飲食店が入っています。上野駅には、本当は関係ないわけですが、その店で何かあれば、上野駅に文句が来ると思いますね」

「来たことがありますか？」

「いや、今のところ、金銭がからんでの文句はありません。しかし、どこそこの店のサービスが悪い。あんな店に、なぜ、許可しているのかという苦情が寄せられることは、ときどきありますよ」

と、堀井はいった。

（違うな）

と、十津川は、思った。そんなことで、これほど執拗《しつよう》に、八千万円を要求して来ないだろう。

しかし、犯人は、何か根拠があって、上野駅に、八千万円を要求しているに違いないと、十津川は思う。たとえ、それが犯人の誤解によるものであっても、誤解の理由がわかれば、犯人を突き止めることができるだろう。

5

一億円が用意され、駅長の机の上に積み上げられた。

あとは、犯人からの連絡を待つだけである。

午後四時ぴったりに、駅長室の電話が鳴った。

堀井駅長が受話器を取った。

聞き覚えのある男の声が聞こえた。

「一億円は、用意できたか？」

「用意した。あと、どうすればいい？」

堀井がきくと、男は笑って、

「あわてなさんな。前に、八千万円を入れた麻袋があるだろう。あれと同じものに詰めて、しっかりと口を結ぶんだ」

「それから？」

「そうして、少し待て。また、連絡する」

「いつまで、待てば――」

いいかけて、堀井は舌打ちをして、受話器を置いてしまった。男が、すでに電話を切っているのに、気がついたからである。

細木が、前に使った麻袋を持って来て、一億円を押し込んで、きっちりと口をしめた。

「また、前と同じ手を使う気ですかね？」

細木は机の上に、横たえた細長い麻袋を見ながら、十津川にきいた。

十津川は、首を振って、

「それは、しないでしょう。誰でも前のことを思い浮かべますからね。われわれも同じ手でくれば、絶対に逮捕します。犯人も、馬鹿じゃないでしょうから、ほかの手を使ってくると思います」

「しかし、なぜ、すぐ、どうしろと指示しないんでしょうか？　なぜ、間を置いているんですかね？」

「さあ――」

「われわれを、いらいらさせるつもりなんでしょうか？」

「かもしれないし、暗くなるのを待っているのかもしれません」

と、十津川はいってから、亀井に向かって、

「ほかの電話を使って、捜査本部に連絡しておいてくれ。午後四時に、犯人から連絡があったとね。まだ、われわれが、盗聴マイクに気がついていないと思わせるんだ」

「わかりました」

亀井はニヤッと笑い、駅長室を出ると、隣りの会議室の電話で、上野署に連絡をとった。

駅長室の電話は、なかなか鳴らなかった。

午後五時を過ぎ、六時に近くなった。

窓の外を見ると少しずつ夕闇が舞いおりてくるのがわかる。

犯人は、暗くなるのを待っているのだろうか？

もし、そうだとすると、今度はどんな手を使ってくるだろうか？

午後六時四十分になったとき、やっと電話が鳴った。

「一億円は、麻袋に詰めたか？」

と、聞き覚えのある男の声が、いった。

「ああ、詰めてある」

堀井駅長がいった。

「この間の沼田という助役はいるか？」

「いや、彼は、今日は非番だ」

「そこにいるのは？」

「駅長の私と、細木首席助役だ」

「それなら、細木という助役でいい。その一億円を持って、一九時発の盛岡行き『やまびこ75号』に乗れ」

「一九時発だな？」

「時間稼ぎは、やめるんだ。『やまびこ75号』だ。そのグリーン車に乗るんだ。あとで、また指示する。急げよ。時間がないぞ」

男は、からかい気味にいって、電話を切った。

この短さでは、電話の逆探知は無理だろう。

「とにかく、乗ってください」

と、十津川はいった。

細木は、一億円を詰めた麻袋を持ち上げて、駅長室を出て行った。

「カメさんも、一緒に行ってくれ」

十津川がいい、亀井は、すぐ細木を追いかけて行った。

十津川は、それでも不安で、地下四階のホームにいる日下刑事に連絡をとり、亀井に同行させることにした。

ベテランの亀井と、若い日下刑事が乗り込めば、「やまびこ」の車内で、何か事件が起きても、何とか対処できるだろう。

「犯人は、何をするつもりでしょうか？」

堀井駅長は、腕時計を見ながら、十津川にきいた。

あと四分で、「やまびこ75号」は、発車する。

「わかりませんね」

と、十津川はいった。

いろいろなことが考えられはするが、一つに決めてしまうと、対処を誤るだろう。

午後七時。盛岡行きの「やまびこ75号」が、上野駅を発車した。

6

白とグリーンのツートンカラーの車体は、上野駅を出ると、しばらくは地下を走る。

十二両編成の「やまびこ」には、グリーン車が一両ついている。

細木は、そのグリーン車のいちばん端の座席に腰を下ろしていた。一億円の入った麻袋は、膝の上に抱え込んでいる。

昨日、三月十四日は、ほとんどの列車が満員だったが、今日は、空席が、あちらこちらにある。

亀井と日下は、デッキに立って、ときどき、グリーン車の車内をのぞいた。

列車は、約二・五キロ、地下を走ったあと、地上に出た。

窓の外を見ていた亀井が何となく、「ほうっ」と息を吐いた。

「星が出ていますね」

と、若い日下がいう。

一九時二〇分。大宮着。

グリーン車から、一人、乗客が降り、乗って来たのは、二人だった。

二人とも、モンタージュの男ではなかった。

発車した。

夜が、どんどん濃くなっていく。

「君は、車内を見てきてくれ。モンタージュの男か浜中が、乗っていないかどうか、調べるんだ」

亀井が、日下にいった。

日下が、先頭車両のほうへ歩いて行った。

次の停車駅の宇都宮まで、二十七分間ある。その間に、全車両の乗客をチェックしておきたかった。

列車は、快適なスピードで走り続けている。

(犯人は、本当に連絡してくるのだろうか?)

亀井は、腕時計を見たり、グリーン車をのぞいたりした。

端に座っている細木も、眉を寄せ、しきりに窓の外を見ている。

日下が、戻って来た。

「モンタージュの男も浜中も、いませんね。それに香取ゆきもです」

「すると、やはり、外から連絡してくるつもりのようだな」

「電話ですか?」

「ほかに考えようがないよ。問題は、いつ、どこで連絡があるかということだな。それが、前もってわかっていれば、先廻りできるんだがね」

一九時四七分。

宇都宮を出た。が、相変わらず、何の連絡もない。

「少し曇ってきましたね」

と、日下がいう。

「なぜだい？」

「星が見えなくなりました」

日下は、呑気なことをいった。

「お前さんは、詩人だよ」

亀井が、肩をすくめた。

7

駅長室の電話が鳴った。

堀井が受話器を取り、十津川も耳をすませた。

「一度しかいわないから、よく聞くんだ」

と、例の男の声が、いった。

「時限爆弾は、『やまびこ75号』に仕掛けてある。爆発するのは、八時十分だ」

「あと二十分しかないじゃないか！」

堀井が、大声を出した。

「だから、黙って聞け。すぐ、『やまびこ75号』に連絡するんだ。グリーン車の車掌室の窓を開け、進行方向の左側に、黄色い灯が振られるのを見たら、一億円入りの麻袋を、思いっ切り投げるんだ。それが確認されたら、時限爆弾を置いた場所を教える」

「馬鹿な真似は、やめるんだ！」

「脅しじゃないことは、昨日でわかったはずだ。早くしろ」

電話が切れた。

堀井が、どうしたらいいという顔で、十津川を見た。

「ともかく、すぐ、『やまびこ75号』に、連絡してください」

と、十津川はいった。

昨日、犯人が上野駅のゴミ収集所を燃え上がらせたのは、単なる陽動作戦ではなく、今日の布石の一つだったのだと、十津川は思った。

東北、上越新幹線総合指令所を通して、すぐ、「やまびこ75号」に、連絡がとられた。

8

車掌長が、窓を開けた。

新幹線の窓は、二重構造で開けることはできないが、車掌室の窓だけは、手で開けることができる。

車掌長と細木が、流れていく夜の景色を、じっと見すえた。

夜になって、雲が出て、どんよりとした暗さになっている。

「あれだ！」

と、細木が叫んだ。

前方に、黄色い灯が、大きく左右に振られている。

車掌長が、思い切り、一億円入りの麻袋を、窓から放り投げた。

麻袋は高い側壁を越えて、向こう側に落下していった。

黄色い灯は、あっという間に、通過して見えなくなった。

麻袋が、どうなったかも、わからない。

車掌長は、無線電話を取ると、総合指令所に、黄色い灯が見えたこと、一億円入りの麻袋を落としたことを報告した。

車掌室の外には、亀井と日下が、眼を光らせて、事態の動きを見守っていた。

「麻袋を落としたのは、どの辺りですか？」

と、亀井が、車掌長にきいた。

「鬼怒川を渡って、すぐの地点だと思います」

「列車を、停めますか？」

細木が、亀井を見た。

「いや、それより、県警に連絡して、パトカーに急行してもらいましょう。時限爆弾のことがあります。下手に列車を停めて、犯人を刺激したくありません」

9

十津川が、栃木県警に連絡をとって、協力を要請した。

だが、今からでは、多分、間に合わないだろうと、十津川は、内心、思っていた。

堀井駅長は、蒼ざめた顔で時計を見つめていた。

時間が、どんどんたっていく。

犯人のいった午後八時十分が、迫ってくる。

「このまま、犯人は、連絡して来ないつもりじゃないでしょうな？」

堀井は、十津川を見た。

十津川の顔も、さすがに蒼ざめている。

「一億円を手に入れれば、これ以上、無茶なことはしないと思いますが」

「しかし、あと五分しかありませんよ」

堀井が呻くようにいったとき、電話が鳴った。

堀井が飛びつくようにして電話を取った。

「もし、もし」

嚙《か》みつくような声で、堀井が呼びかけた。

「一億円は、確かに受け取ったよ」

男が呑気な調子でいった。

堀井は、無理に自分をおさえて、

「それなら、早く、爆発物の場所を教えたまえ。あと四分しかないじゃないか」

「いや、あと、二十四分あるよ」

「何だと！」

「八時三十分に爆発すると教えたはずだがね」

「嘘をついたな」

「そっちが、勝手に間違えただけさ。さあ、約束だから、時限爆弾の仕掛けた場所を、教えよう。最後尾の車両の座席の下だ」

「どの辺の座席だ？」

「それは、見つけてみろよ。刑事を乗り込ませたんだろう。次の郡山が二〇時二一分。着くのは、二分前だろうから、着いてからでも、ゆっくり処理できるはずだ。じゃあ、頑張れよ」

「――――」

堀井は、何か怒鳴りつけようとしたが、適当な言葉が見つからなかった。

（とにかく、「やまびこ75号」に、連絡するのが先だ）

10

亀井と日下、それに、細木や車掌長までが、最後尾の1号車に殺到した。

1号車は自由席で、ほぼ満席だった。

亀井は、通路の中央あたりに立ち、大声で乗客に訴えた。

「皆さんに、お願いがあります。私は、警視庁捜査一課の者です。この1号車の座席の下に、時限爆弾を仕掛けたという連絡がありました。まだ時間はあるし、たんなる脅しかもしれません。ですから、落ち着いて、皆さんの座席の下を見てください。何かあったら、触らずに手を挙げてください」

亀井は、警察手帳を出して、乗客に見せた。

乗客たちは、一斉に立ち上がって、自分の座席の下を、のぞき込んだ。

前から、四列目の右端の乗客が、蒼い顔で手を挙げた。

「ここに、変なものがあります」
四十五、六の男だったが、甲高い声を出した。
「触らないでくださいよ」

と、亀井は、念を押しておいてから、その座席に近づき、のぞき込んだ。

茶色い紙包みが、見えた。

押し込んであるのを、そっと引き出した。

近くの乗客が立ち上がって、遠巻きにのぞき込んでいる。

亀井は、茶色い紙包みのまま、デッキまで運んで行った。

そっと包みの中身を取り出した。金属製の箱が出て来た。

ふたを開けてみる。

ダイナマイトが三本、テープで束ねて、入っていた。

それと、時限装置用の小型の目覚まし時計に、配線コード。

時計は、犯人のいうとおり、八時三十分にセットされている。

「まもなく、郡山ですね？」

亀井は、車掌長にきいた。

「あと五分で着きます」

「すぐ連絡をとってください。郡山警察署にもです。できれば、爆発物の専門家も、駅へ来てくれるように」

「連絡しましょう」

と、車掌長が、緊張した声でいった。

11

上野駅の駅長室に、次々に連絡が入って来た。

「やまびこ75号」の1号車で、時限爆弾が発見されたという知らせが、まず入った。続いて、郡山に着いたが、爆発物の専門家が見つからないので、近くの阿武隈《あぶくま》川へ運ぶという連絡。

午後八時三十分を過ぎてから、川の中で爆発させたという報告が入った。

堀井は、ほっとした顔で電話を切ったが、栃木県警からの連絡は、なかなか入らなかった。

午後九時を過ぎてから、やっと電話が入った。

十津川は、上野署に戻ってから、その連絡を受けた。

「あれからすぐ、パトカー三台を、現場と思われる場所に急行させましたが、怪しい人間も車も、発見できませんでした」

と、栃木県警の白峰《しらみね》という警部が、栃木訛りの声でいった。

「どんな場所ですか？」

と、十津川がきいた。

「そうですね。農家が点在していて、あの場所では、ほとんど歩いている人はいません。見渡す限り、田んぼか雑木林です。それから、近くを、東北本線と東北自動車道が走っています。逃げたとすれば、車だと思いますね」

「なるほど」

「明日、明るくなったら、もう一度、調べてみます。何か、見つかるかもしれませんから」

「お願いします」

と、十津川はいった。

東北新幹線の最終列車が出てしまうと、上野駅にいた西本刑事たちも、上野署の捜査本部に帰って来た。

「『やまびこ75号』に、爆弾を仕掛けたのは、主犯の男とは考えられません」

西本刑事が、十津川にいった。

「モンタージュの男は、地下ホームに現われなかったということかね?」

「そうです。浜中や香取ゆきもです。これは、絶対に間違いありません。われわれは、絶えず、ホームを見張っていましたから」

「すると、別の人間が、出発前の『やまびこ75号』の1号車に入り、座席の下に、時限爆弾入りの茶色い紙包みを、押し込んで降りたということになるのかね?」

「そう思います」

「別の人間か」

「共犯者が、まだいるということでしょうか？」

清水刑事が、きいた。

「いや、いるとは思えないね」

と、十津川はいった。

もし、共犯者がいるのなら、今までに、それらしい人間の影があったはずだと思う。しかし、主犯の男と、浜中しか見えなかったのだ。

「しかし、紙包みを押し込んだ人間は、いるはずです」

「金さえ出せば、座席の下に、押し込むぐらいのことは、やってくれる人間がいるだろう」

と、十津川はいった。

午後十時半を過ぎたとき、不忍池《しのばずのいけ》近くの映画館から、一一〇番に電話が入った。閉館のあとで調べたら、座席で死んでいる男の客がいるというのである。

上野署から、刑事が二人、急行した。

このときには、十津川は、上野駅殺人事件とは関係ないと思っていた。

しかし、現場に行った刑事の一人から、十津川に連絡が来た。

「どうも気になるので、連絡したんですが、明らかに毒殺です」

「それで？」

「食べかけのみかんが、傍に転がっていました」

「みかん？」

十津川の顔色が変わった。いやでも、キヨスクのみかんで毒死した乗客のことを思い出したからである。

犯人は、あのとき、誰が死んでもよかったのだ。むしろ、無差別殺人だったからこそ、上野駅を脅迫する力になり得たのだろう。

「すぐ行く」

と、十津川はいった。

十津川は、西本たちを連れて、映画館へ駈けつけた。

観客が出てしまったあとの、がらんとした客席の中で、四十五、六歳の男が死んでいた。

確かに毒死である。

多分、青酸中毒死だろう。

先に行っていた刑事が、手袋をはめた手で、食べかけのみかんを、十津川に渡した。

「ほかに、食べたものは見つかりません」

と、その刑事がいった。

十津川は、そのみかんを、明かりの下へ持って行った。

中の実《み》のところは、べつに変色していなかった。

十津川は、死んだ朝倉の言葉を思い出した。

彼は、青酸を注入すれば、酸性だから変色するはずだと、皮肉をいったのだ。このみかんの実も、変色していない。

(同じだな)

と、思った。

「死体は、解剖に廻す。それから、このみかんも分析してもらうことにする」

と、十津川はいった。

それに、被害者の身元も調べる必要がある。

この男が、「やまびこ75号」に、爆発物を仕掛けたのだとしたら、主犯のKが、金でやらせたのだろう。

そうしておいて、口封じに毒殺したのだ。

金を与え、映画でも見ろといい、青酸入りのみかんを渡した。何も知らない男は、映画を見ながら、みかんを食べて死んだ。

（そんなところだろう）

しかし、みかんが、青酸で変色していないのは、なぜなのだろうか？

変色していないからこそ、この男も疑わずに食べたのだろうが。

死体は、すぐ車にのせられ、解剖のために、大学病院に運ばれて行った。

十津川も、その車に乗って行った。

どうしても、みかんに青酸カリが注入されているのかどうか、調べてもらいたかったからである。

被害者の死体が、解剖に廻されている間、十津川は、持参したみかんを研究室で、分析してもらった。

調べてくれたのは、若い女性の研究員だった。

眼鏡をかけた彼女は、ニコニコ笑いながら、研究室から出て来ると、

「面白い結果が出ましたわ」

と、待っていた十津川にいった。

「青酸は、注入されていましたか？」

「いいえ」

「じゃあ、食べても死ぬことはなかったんですか？」

「いいえ」

「よくわかりませんね。青酸が、注入されていないみかんを食べて、どうして死ぬんですか？」

「青酸は、塗ってあったんですわ」

「塗ってあった？」

「ええ。皮の部分に、青酸液が塗ってありましたわ」

「しかし、皮の部分でも、青酸を塗れば、変色するんじゃありませんか？　あのみかんは変色していませんでしたが」

「ええ。そのとおりですわ」

「なぜ、変色していないんですか？」

「最近、みかんのような果実は、艶を出すためにワックスを塗っています。これも、そうですわ。その上から青酸を塗ったんで、変色しなかったんですわ」

「それを食べて、死ぬでしょうか？」

「食べているうちに、手がぬれてきて、青酸液が手につき、それが実についてと考えれば、食べた人は死ぬことになりますわ」

「それで、納得できましたよ」

「今度、解剖することになった人の死因がですの？」

「それに、前に列車の中で、みかんを食べて死亡した乗客のこともです。助かりました」

十津川は、礼をいった。

12

今度の被害者は、着ている背広は、くたびれていたし、ノーネクタイで、ワイシャツは汚れていた。

所持品も、粗末だった。

安物の腕時計、煙草と銀行のマッチ。むき出しで、ポケットに入っていた三千八百円。映画が千二百円だから五千円札で、おつりをもらったのだろう。

その五千円は、主犯の男が被害者に渡し、「やまびこ75号」の1号車の座席の下に、時限爆弾を置くことを頼んだのだと思う。

被害者の身元を証明するものは、何も持っていなかったが、これは、犯人が持ち去ったというより、最初から、そんなものは、持っていなかったのだろう。

十津川は、被害者の似顔絵を作り、刑事たちに持たせて、上野駅周辺の聞き込みをやらせることにした。

その作業は、翌十六日から始められた。

十津川の勘だが、被害者が、上野駅周辺に住む人間のような気がしたのである。

犯人に殺されたホームレスたちも、そうだったし、共犯者の朝倉も、逃げている浜中も、上野駅周辺の人間だった。それを考えれば、今度の被害者も、同じように、上野駅周辺で見つけたに違いないと思う。

十津川の推理は、当たっていた。

被害者を見たことがあるという人間が、何人か出て来たのである。

どうやら、上野駅の構内や上野公園、動物園などをうろうろして、置引きなどをやっていた男のようだった。

とすれば、住んでいるのは、山谷のドヤ街ではないかと見当をつけた刑事の一人が、山谷へ足を運んだ。

答えは、すぐ出た。

旭松館《きよくしよう》という簡易旅館で、そこの泊まり客だったとわかった。

すでに二年近く、ここに泊まり込んでいるのだという。

通称、オッチャン。八戸の生まれで、原田《はらだ》義兼《よしかね》と名乗っていたが、本名かどうかわからないと、旭松館の主人は、いった。

最初は、日雇いの仕事をしていたのだが、身体を悪くしてからは、ぶらぶらしていて、置引きなどをやっていたらしい。

一応、青森県警へ照会して調べてもらうことにした。

解剖の結果は、やはり青酸中毒死だった。

被害者は、金を欲しがっていたから、犯人が、五千円札一枚で、「やまびこ75号」の座席の下に、時限爆弾を置かせたのだろう。

刑事の一人が、ドヤ街で聞いたところでも、被害者は映画好きだったという。

犯人も、これを知っていたのかもしれないし、自分の顔を見られたので、消すことにしたのだろう。

犯人は、人を殺すことなど、何とも思っていないらしい。特に、ホームレスや今度の被害者のような、宿無しの人間の生命は、虫ケラのように思っているだろう。

十津川は、そのことに、改めて怒りを覚えた。

昼過ぎに、栃木県警から連絡が入った。

東北新幹線の近くの水田の中から、大型の懐中電灯を見つけたという知らせだった。真新しいもので、電池は、まだ十分あったという。

多分、それで、犯人は合図したのだろうが、残念ながら、指紋は検出されなかったということだった。

十六日の夜、上野署で、捜査会議が開かれた。

十津川が、ここまでの経過を説明し、自分の考えを話した。

「宇都宮の先で、懐中電灯を点《つ》けて、合図を送ったのは、おそらく浜中だと思います。彼は、三月十四日に香取ゆきと、『やまびこ』で、故郷へ帰るつもりだったと思われますが、われわれの警備が厳重だったために、それができず、姿を消したままでした。主犯のK——Kと呼びますが——Kが、浜中を、車で宇都宮の先まで行かせ、一億円奪取の片棒をかつがせたのだろうと思います」

「すると、浜中は、そのまま故郷へ帰ってしまったのかね？」

署長が、質問した。

「郷里の家には、まだ帰っていませんし、香取ゆきは、東京のマンションに、まだいます。浜中は、昨夜、手に入れた一億円を、主犯のKに渡すために車で運んだと思いますし、郷里には、やはり香取ゆきと一緒に帰るものと思っています」

「それで、主犯は、一億円を持って、高飛びしたと思うかね？」

「普通の犯人なら、そうすると思います。しかし、今度の犯人は、上野駅の周辺に、まだいると思っています。彼は、なぜか上野にこだわっています。仲間が逮捕され、自分が危険なのに、Kはこの近くを離れませんでした。理由はわかりません。それを考えると、Kは、まだ上野駅の近くにいると、私は信じているのです」

「しかし、自分のモンタージュが出来ていると知ったら、逃げ出すんじゃないかね？」

「その心配はあります。したがって、モンタージュを持っての聞き込みは、やらないほうがいいと思います。それから、例の盗聴マイクを、利用したいと考えます」

「どう利用するのかね？」

「われわれが、誤った方向に捜査を進めていると思わせたいのです。そうすれば、主犯のKは、安心して、ボロを出すかもしれません」

「具体的に、どうするのかね？」

「もう一度、盗聴マイクのある部屋で、捜査会議を開きます。そこで、私が誤った推理を述べます。宇都宮の先で、一億円が奪われたので、犯人は、すでに東北地方に逃亡したに違いないという判断です。もし、今でも犯人が、あの盗聴マイクを使っているとすれば、安心して姿を現わすと考えます」

「浜中のほうは、どうするね？」

「こちらは、香取ゆきを監視していれば、必ず、会いにきたところを、逮捕できるだろうと、楽観しています」

と、十津川は、断定的にいった。

署長は、しばらく考えていたが、

「わかった。では、これから、盗聴マイクのある部屋で、もう一度、捜査会議を開くことにしよう」

と、いった。

第八章　偽装の会議

1

問題は、刑事たちの演技力だと、十津川は思った。

昔の刑事は、不器用そのものが多かったが、今の若い刑事は、芝居っ気がある。といっても、ぶっつけ本番で、うまくやってくれるかどうかは、わからないのだ。

もし犯人が、今でも盗聴していて、少しでもおかしいと感じたら、かえって、その計画は逆効果になるだろう。

犯人を安心させて、おびき出すどころか、逃げ出させてしまうに違いない。

捜査本部長の署長も、それを第一に心配した。

「大丈夫かね？」

と、署長がきく。

「わかりません」

十津川は、正直にいった。

「しかし、だからといって、今からリハーサルをやっても仕方がないだろう？　これは、早くやらないと効果がないし、リハーサルをやったからといって、うまくできるとは、限らんからね」

「同感です。一回や二回のリハーサルをやったところで、うまくいくものじゃありません。それに、かえって緊張して、失敗する恐れがあります」

「じゃあ、どうするね？」

「ぶっつけでやりましょう。署長が、私の考えをきいてください。私が、犯人は、すでに東北新幹線を利用して、逃亡したに違いないといいます。それを、今後の捜査方針にするといってくだされば、犯人は、油断すると思います」

「わかったが、一つ、不安がある」

「何でしょうか？」

「君は、犯人が、上野周辺から逃亡しないと断定しているが、ひょっとすると、海外へ逃亡する気でいるかもしれんだろう？　その点の手当ては、必要だと思うんだがね」

「私は、犯人が、海外へ逃亡するとは、思っていないのですが」

「なぜ、そう断定できるのかね？」

「もし、犯人が、海外への逃亡を考えているのなら、金は、少しでも多く欲しいはずです。一億円といわず、二億円でも、三億円でも欲しいはずです。ところが、犯人は、そうした多額の金を要求しませんでした。最後まで、八千万円にこだわっていました。奪われたのは、一億円ですが、犯人は、八千万円プラス、死んだ仲間の香典のようにいっています。これが二億円、三億円も要求して来たのなら、私は、犯人が、海外への逃亡を考えていると思いますが、そうしなかったのは、その意志のない証拠だと考えているわけです」

「それはわかるが、万一ということがあるからねえ。国内で逃げ廻っている分には、いくらでも打つ手があるが、海外へ逃げられてしまっては、われわれの手に負えなくなる恐れがある」

と、署長はいった。

上に立つ者としては、やはり、心配なのだろう。十津川は、犯人が海外へ逃げることはないと確信していたが、署長の心配は理解できた。

「ニセの捜査会議では、話題にしませんが、成田には、何人か、刑事を張り込ませましょう」

と、十津川はいった。

その捜査会議は、二十分後に、盗聴マイクの仕掛けられた部屋で行なわれた。

集まった刑事たちは、盗聴マイクを意識して、硬い表情をしている者が多かった。

十津川は、これが、テレビでなくてよかったと思った。犯人が、この場の様子をカメラを通して見ていたら、たちまち警戒を強めてしまうに違いない。

幸い、犯人が、注目しているとしても、耳でしか聞けないのだ。

署長だって、緊張して、やたらにお茶を飲んでいるが、そこまでは、犯人にはわからないだろう。

その署長が、まず発言した。

「これから、捜査会議を開く。残念ながら、一億円を奪われ、肝心の犯人を取り逃がしてしまった。今後、どう捜査を進めていくか、それを、これから、検討したい」

ぎごちない喋り方で、十津川は、はらはらしたが、犯人には、こんな喋り方が、署長の地だと聞こえるかもしれない。そう願いたい。

「まず、十津川君の考えを聞きたいね」

と、署長がいった。

十津川も、お茶を一杯飲んでから立ち上がった。他人《ひと》のことは、いえないのだ。

「犯人が何者かについては、残念ですが、まだ何もつかめていません。わかっているのは、男だということだけです。犯人は今、本部長のいわれたとおり、まんまと一億円を手に入れました。問題は、その後の犯人の行動です」

十津川は、またお茶を飲んだ。今日は、やたらにのどが渇く。犯人の奴は、今、どこにいるのだろうか？

「二つのことが引っかかります。第一は、共犯者の浜中の郷里が、宮城県だということです。仙台市の郊外に実家がある、彼は、そこへ帰ることを考えています。第二は、犯人が一億円を手に入れた場所が、宇都宮の先だということです。しかも、犯人は、東北新幹線の『やまびこ75号』に、時限爆弾を仕掛け、それをタネに、一億円を、車掌室の窓から投げ落とさせました。本部長も、ご存じのように、『やまびこ75号』は、盛岡行きです。すべてが、北を指しています」

「それで——？」

署長が、先を促した。今度は、落ち着いた声だった。

2

「さらに、もう一つ、考えたいことがあります。死んだ朝倉は、犯人の相棒でした。朝倉は、犯人を、兄貴分のように頼りにしていた節《ふし》があります。その朝倉は、向島に住んでいました。犯人も、その近く、というより、上野周辺に住んでいたと思います。私は、前に、上野駅の堀井駅長に聞いたことがあります。東北から東京に出て来た人たちの多くは、上野駅の周辺に住むということをです。私は、犯人も、東北から出て来た人間ではないかと、考えるのです。以上のことから考え、一億円を手に入れて、東北に逃亡したと考えます。浜中と同じ仙台なのか、盛岡か、あるいは青森かはわかりませんが、東北であることは間違いないと、確信しています」

「それでは、東北の各県警に対して協力を要請しよう。青森、岩手、宮城の各県警でいいかね？」

「そうですね。東北新幹線沿いに、犯人は動くだろうと思います。私も、各県警に行って説明したいと思っています。特に、宮城県は、浜中の郷里のあるところなので、二人が、一億円を持って立ち寄ることも考えられます」

十津川は、そういってから、さらに言葉を続けて、

「問題は、犯人の人相ですが、浜中と、それらしい男が歩いているのを見たという目撃者が見つかりましたので、詳しく聞いてきました。それによると、犯人と思われる男は、年齢三十五、六歳で、身長百八十センチくらい。柔道選手のようないかつい身体つきだったそうです。顔の特徴としては、眼が細く、右眉の上に大きなホクロがあるといいます。浜中と親しげに話をしていたことから考えて、この男が、犯人と思われます」

と、いった。

もちろん、でたらめの人相だった。

すでにできあがっているモンタージュの男には、右眉の上にホクロなどないし、どちらかといえば、痩身である。

犯人を、二重に安心させたかったのだ。

「モンタージュは、すぐ作れるかね？」

署長がきいた。

「作れると思います」

「モンタージュができたら、新聞にも発表して、国民の協力を求めたらどうかね？」

署長も、芝居気を出して、十津川を見た。

「そうですね。一億円を取り戻し、犯人を逮捕するためには、犯人のモンタージュを発表して、国民の協力を得たほうがいいかもしれませんね」

と、十津川も応じた。

ニセの捜査会議は、それで終わった。が、犯人を信用させるためには、会議で決めたことを、一応、実行に移す必要があった。正確にいえば、実行すると思わせなければならない。

でたらめな犯人のモンタージュが作られ、記者たちに発表された。

そのモンタージュは、犯人は、東北地方に逃亡したと思われるという捜査本部長の談話と一緒に、当日の新聞にのった。

一方、刑事たちは、本物のモンタージュを持って、上野駅周辺を歩き廻ることになった。

十津川と亀井は、上野駅の駅長室で、堀井駅長や細木首席助役、それに、沼田内勤助役に会い、了解を求めた。

「犯人が、こちらの芝居に、うまく引っかかってくれればいいと思っているのですがね」

と、十津川はいった。

堀井は、首をかしげて聞いていたが、

「私には、犯人が、必ず上野駅周辺にいるというのが、まだ、納得できないのですが」

「こちらは、堀井さんに、おききしたいのですが、犯人が、上野にこだわる理由に、何か、思い当たることがありませんか？」

十津川が、逆にきいた。

堀井は、当惑した表情になって、

「私には、今でも犯人が、なぜ、この駅をターゲットにするのか、わからんのです。まあ、たまたま上野駅の近くに住んでいて、いつも、上野駅を見ているか、利用していた犯人が、金になると考えたんじゃありませんかね。デパートやスーパーを脅迫するのと同じ気持ちで、上野駅を脅したんだと思いますが」

「私は、そうは思っていませんね」

と、十津川はいった。

「では、どう思っておられるんですか？」

「犯人は、特別な感情を、上野駅に対して持っていると思うのですよ」

「東北出身の人間か、あるいは、上信越の出身者は、東京に住んでいて、よく、上野駅を見に来るといいますよ。ここへ来ると、故郷とつながっているような気がするというんです。そういう意味でなら、犯人は、この上野駅に、特別の感情を持っているとは思いますがね」

「それなら、むしろ上野駅を愛しているわけだから、爆弾を仕掛けたりはしないでしょう」

「犯人は、上野駅を憎んでいるというわけですか？」

「ただの憎しみではなく、愛情も籠《こ》められているのではないかと思うのです。だから、犯人は、上野を離れないだろうと信じているのですよ」

と、十津川はいった。

堀井駅長は、また首をかしげて、

「この上野駅が、憎しみの対象になるとは、とうてい考えられませんがね。そりゃあ、駅員が不親切だったとか、構内で、スリの被害にあったといった苦情が寄せられることはありますが」

「八千万円の損をさせるほどの事件がありましたか？」

「いや、それほどのスリの被害というのは、ありませんでした。最近で、いちばん大きな金額は、百二十万円の現金を、待合室で盗まれたという届けがありました。被害者は、確か、アメ横の人だったね？」

堀井が、沼田に眼をやった。

「そうです。伊藤《いとう》という鞄店のご主人でした。残念ながら、犯人は、まだ捕まっていません」

と内勤助役の沼田が、答えた。

「八千万円ということで、何か思い出されることはありませんか？」

十津川は、前にした質問を、堀井たちに向けた。

「ありませんね」

と、堀井がいった。

3

十津川は、亀井と駅長室を出た。

「嘘をついてると思うね」

並んで歩きながら、十津川は、小声でいった。

亀井は、「え？」という顔で、十津川を見た。

「八千万円の件ですか？」

「そうだ。犯人は、八千万円にこだわっている。そのことで、駅長は何か思い当たることがあるんじゃないかと思うんだ。駅長だけじゃなくて細木首席助役にもね」

「しかし、それなら、なぜ話してくれないんでしょうか？　犯人を限定する有力な証言になるのに」

「わからんね」

「まさか、犯人まで知っているということではないでしょうね？」

「それはないと思う。そこまで知っていたら、事態がここに至るまでに、われわれに話してくれていたはずだ」

「それなら、なぜ、話してくれないんでしょうか？」

「いろいろ考えられるね。何かを知っているが、それが、漠然《ばくぜん》とした線に過ぎないので、黙っているのかもしれない。たとえば、この構内に、パンダの像がある。あの像の値段が八千万円だったとする。だが、それが、今度の事件に関係があるとは、とうてい思えないので、黙っているということもあるんじゃないかね」

「なるほど、それをいっても、かえって捜査を混乱させるだけだと思っているから、黙っているということですね」

「ほかに考えられるのは、新幹線上野駅の工事について、何か、あったのかもしれないということだよ。土地買収の問題とか、工事の騒音とかだ。それで、誰かが、八千万円の損をしたということも、考えられる」

「しかし、それは、国鉄全体の問題か、あるいは鉄建公団の問題でしょう。警部も、そういわれていたじゃありませんか？」

「ああ、そうだよ。しかし、犯人にとって、国鉄全体とか鉄建公団というのは、あまりにも、抗議する相手として大き過ぎたり、漠然としていすぎるので、日頃、見なれている上野駅を脅迫したのではないかと考えたんだがね」

「なるほど」

「あるいは、殺されたホームレスに、何か関係があるのかもしれない」

「どんなふうにですか？」

「それが、見当がつかないんだ。だが、犯人が、ホームレスを三人も毒殺したのは、ただたんに、実験台として使ったのではないのかもしれない。ホームレス自身に、恨みを持っているんじゃないかとも思っているんだ」

「しかし、警部。ホームレスと八千万円では、結びつかないような気がしますがね」

亀井は、首をかしげた。

十津川は、その疑問には、べつに逆らわずに、

「私も、その点には自信がないんだ」

と、笑った。

だが、犯人が、執拗に八千万円という金額にこだわっていることには、必ず意味があると、十津川は確信していた。

そして、その八千万円は、上野駅に関係があるはずなのだ。

だからこそ、十津川は、一億円を手に入れた犯人が、上野にこだわって高飛びはしないだろうと、読んでいるのである。

「上野駅に関する資料を、全部、集めてくれないか」

と、十津川は、亀井にいった。

「それは、堀井駅長を通さずにですか？」

「通してもいいが、向こうが用意してくれるもの以外も欲しいね。あらゆる資料が欲しいんだ。国鉄側にとって、あまり愉快でない資料もね」

と、十津川はいった。

釣りでいえば、当たりのない時間が過ぎていった。

当たりがないだけではない。はたしてそこに、魚がいるかどうかわからないのに、釣り糸を垂《た》れているのに似ていた。

十津川は、犯人が、上野駅の周辺に、まだ潜んでいると推理している。

しかし、確証はないのである。

十津川の推理が外れていて、犯人は、一億円を手に入れたあと、すぐに、高飛びしているのかもしれない。

もし、そうだとしたら、十津川は、魚のいない池に糸を垂れていることになる。

その不安が、十津川を、いらだたせるのだ。

4

「香取ゆきが、動き出しました」

という報告が入った。

行き先はわかっていた。

上野から、東北新幹線に乗るに違いない。

問題は、浜中が現われるかどうかだった。

日下と西本の二人が、香取ゆきの尾行にあたった。

十津川の予想どおり、ゆきは、まっすぐ上野駅に向かった。手には、スーツケース一つを提げただけである。

正午少し過ぎに上野駅に着くと、まず、仙台までの切符を買い、そのあと、駅近くのレストランに入った。

切符は、一三時三〇分上野発仙台行きの「やまびこ121号」グリーン車のものである。

五階建てビルの五階にあるレストランに入ったゆきは、窓際に腰を下ろし、ステーキとビールを注文した。

そこで、浜中と落ち合うつもりなのか、それとも、上野の街を、じっと見ているだけなのか、わからなかった。

日下と西本は、ただ、彼女を見守っているより仕方がない。

十津川は、捜査本部で、集められた資料の一つ一つに、眼を通していた。

一緒にいるのは亀井だけで、あとの刑事たちは、上野駅周辺に散らばっている。

亀井が、駅長の協力を得て集めた上野駅の資料は、厖大《ぼうだい》なものだった。

上野駅の歴史を書いたものから、新幹線関係の資料、各ホームごとの毎日の乗降客の数を書いた棒グラフ、何冊にもなる写真集、エトセトラ。

十津川は、亀井と二人で、その資料を、一つ一つ見ていった。

犯人が、なぜ、八千万円を上野駅に要求する気になったのか、その理由は、なかなか見つからなかった。

一三時三〇分。

香取ゆきを乗せた仙台行きの「やまびこ」が、上野駅を発車した。

同じ列車に、日下と西本が乗り込んでいた。

発車して二十三分後に、日下が、車内電話で、十津川に連絡して来た。

「香取ゆきは、グリーン車に、ひとりでいます。西本が、全車両を廻ってきましたが、この列車に、浜中は乗っていません。彼は、すでに、仙台へ行っているんじゃないかと思います」

と、日下がいった。

「今、どこを走っているんだ？」

「大宮を出たところです」

「香取ゆきの様子は、どうだ？　誰かが、乗って来るのを待っている、という感じはないかね？」

「いや、そういう気配はありません。それで、浜中は、もう仙台へ行っていると思っているんですが」

「そうだな」

「何か起きたら、すぐ連絡します」

日下は、そういって電話を切った。

十津川は、また資料の山のところに戻った。

「日下君たちも、浜中を見つけられずにいるようだよ」

と、十津川は、亀井にいった。

「これで、リーダー格の犯人も見つけられないとなったら、われわれは、袋叩きにあうでしょうね」

「犯人は、上野にいると思うんだがねえ」

十津川は、自分にいい聞かせるように、いった。

刑事たちは、こうしている間にも、上野周辺を歩き廻っていた。死んだ朝倉が住んでいた向島にも、刑事の一人が行っているはずだった。

犯人は、朝倉を葬《とむら》うために、余分に二千万円もらったといっていた。本心かどうかはわからない。たんなる言葉の遊びで犯人はいったということだって、考えられるのだ。

だが、犯人が本心でいったのなら、朝倉について、何かするかもしれない。そのために、刑事の一人を、向島にやったのである。

その刑事からも、ほかの刑事たちからも、まだ何の報告もなかった。

「はたして犯人は、今でも、あの盗聴マイクを聞いているんでしょうか？」

亀井が、資料を見ながら、十津川にきいた。

「正直にいって、わからんね。もし犯人が、もう聞いていなかったら、われわれのあの芝居は、何の意味もなかったことになる。無意味なひとり芝居だったわけだ。お笑いだよ」

「しかし、犯人が、上野周辺にいるという推理は、崩れないわけでしょう？」

「そうだがね。いつまでたっても犯人が見つからないと、自信がなくなってきて、あの盗聴マイクに向かって、怒鳴りたくなってくるよ。これを聞いてるんなら、早く出て来いってね」

十津川は顔を上げ、眼をこすった。

細かい数字や、小さな活字を読んでいて、眼が疲れていた。

十津川は、席を立って、洗面所へ行き、冷水で顔を洗って、戻って来た。

「カメさん。ひと休みしようじゃないか」

と、声をかけ、十津川は、煙草をくわえた。

亀井も、小さく溜息をついて、

「なかなか、八千万円の根拠になりそうな数字に、ぶつかりませんね」

「正式な数字じゃないのかもしれないね」

「と、いいますと？」

「うまくいえないが、たとえば、大学の裏口入学の金額みたいなものじゃないかと、思うんだよ。もし、そうだとすると、こうした資料には、のっていないだろう」

「そうですね」

と、亀井も肯いたが、

「だとすると、どうやったら、その数字を手に入れられますかね？」

「ここにある資料を、全部調べても見つからなかったら、もう一度、沼田助役に会って、話を聞こうと思っている」

「あの助役さんですか」

「堀井駅長は、駅長という立場があるだろうから、駅にとって、マイナスイメージのことはいえないだろうし、細木首席助役は、まじめ一方の人のようだから、無理だろうと思うのでね」

「そうですね。あの沼田助役なら、何か、話してくれるかもしれませんね」

と、亀井もいった。

午後三時半を過ぎて、香取ゆきを追っている日下と西本の二人から、電話が入った。

「今、仙台に着いたところです」

と、日下がいった。

「浜中は、とうとう現われずか?」

十津川がきいた。

「どこからも、乗って来ませんでした」

「香取ゆきは、どうしている?」

「今、ホームで電話をかけています」

「浜中に、連絡をとっているのかな?」

「それとも、彼女の実家に電話をしているのかもしれません。ちょっと待ってください。西本が来ました」

日下がいい、すぐ西本の声に代わった。

「香取ゆきは、旅館に電話していました」

「旅館？」

「そうです。秋保《あきう》温泉の旅館です。前から予約してあったようで、これから行くと、電話していたんです」

「秋保温泉か。そこで、浜中と会うつもりなのかもしれないな」

「その可能性はあると思います」

「よく見張ってくれ。それから、宮城県警へは、こちらから連絡しておくよ」

と、十津川はいった。

香取ゆきと浜中は、秋保温泉で落ち合うと見ていいだろう。

若い恋人同士が落ち合うには、東北の温泉は絶好かもしれない。

日下と西本の二人がいれば、浜中が姿を見せれば、逃がすことは、まずあるまい。

だが、十津川自身のほうは、いっこうに、これと思う資料にぶつからなかった。

これでは、やはり明日、沼田内勤助役に会って、話を聞かなければならないなと、亀井と話しているところへ、当の沼田から、電話がかかってきた。

「今夜、伺っていいですか？」

と、沼田がいう。

十津川は来てもらうことにした。

沼田が、上野署へ来てくれたのは、夜の十二時近くなってからである。

「二十四時間勤務なので、今から、交代で、休むわけです」

と、沼田は、疲れた顔で、十津川にいった。

今度の事件が始まってから、上野駅では、全員が、ぴりぴり緊張していて、自然に、疲労が深くなっているという。

「堀井駅長が、いちばん心労が濃いと思いますね。奪われた一億円を取り戻すまでは、ゆっくり休めないといっていますから」

「しかし、あれは、国鉄本社として、一億円の支出を、決定したんだから、駅長の責任じゃありませんよ」

十津川はなぐさめるようにいい、沼田に、インスタントコーヒーをすすめ、自分も、口に運んだ。

「そうですが、堀井駅長は、責任感の強い人ですから」

「わかりますが、一億円は、われわれが取り戻しますよ」

「何か、わかりましたか？」

沼田は、机の上の資料の山を見て、十津川と亀井にきいた。

「いや。何か、犯人につながるヒントでも見つかればと思っているんですが、まだ、何も見つかっていません」

亀井が、肩をすくめた。

十津川が、それに付け加えて、

「こうした資料以外に、ヒントがあるんじゃないかと思いましてね。実は、明日、あなたに、もう一度、話を聞こうと思っていたんです」

「私も、同じことを考えたんです」

と、沼田がいった。

5

「何か、思い当たることがあるんですか？」

十津川がきいた。

「いや、思い当たることというんじゃないんです。ただ、あなた方に、話しておいたほうがいいんじゃないかと、思いましてね」

沼田は、遠慮がちにいった。

「とにかく、話してくれませんか」

と、十津川は、促した。

それでも、沼田は、しばらくためらっていた。

「秘密は、守りますよ」

十津川が、真顔で約束した。

沼田は肯いた。

「上野駅も、ほかの社会と同じで、明るい面と暗い面を持っています。駅員についても同じです」

「警察も同じですよ。平気で不正をする、悪徳警官だっています」

「そういってくださると、気が楽になりますが、上野駅の暗い部分が、ひょっとして、今度の事件に結びついているのではないかと思いましてね。それで、十津川さんに、話したほうがいいと思ったんです」

「それは、有難いですね」

「堀井駅長や細木首席には、内緒にしておいてもらいたいのです」

「わかっています。何から話してもらえますか？」

「今度の事件に、関係あるかどうかは、そちらで判断してください。数年前ですが、上野駅で働いていたアルバイトたちの間で、組織的な不正事件が起きたことがあります。学生アルバイトです」

「どんな不正ですか？」

「特急が遅れると、特急料金の払い戻しがあることはご存じでしょう。出札係のアルバイトが集めた特急乗車券に、自分たちで偽造した遅延証明のゴム印を押して、払い戻しを受けていた事件です」

「しかし、ばれるんじゃありませんか？　上野駅では、どの列車が遅れたか、わかっているはずですからね。払い戻しのとき、おかしいとは思わなかったんですか？」

「それで、乗客の便利のために、上野発着の列車でも、ほかの駅で払い戻しができるようになっているんです。それに、まさか、ゴム印が偽造されるなんてことは、考えませんからね。請求された駅では、いちいち上野駅に照会せずに、払い戻しをしていたわけです。それが、あまりにも大人数によって行なわれるようになって、発覚したんです」

「学生アルバイトというと二十歳前後ですか？」

「そうですね」

「それが数年前というと、現在でも、せいぜい二十五、六歳ですね。その中の一人が、犯人ということは考えられませんね。犯人は、どう考えても、四十代の男と、私は思っているんです」

「駅員の間で、バクチがはやっているという噂を、聞いたことがあるんですが、事実ですか？」

亀井がきいた。

沼田は眉を寄せて、二、三秒考え込んでいたが、

「はやっているということはありませんが、競輪や競馬が好きな職員がいることは、否定しません。しかし、考えてもみてください。国鉄の職場というのは、上野駅もそうですが、若い女性の極端に少ないところなんです。せいぜい、キヨスクに働いている女性ぐらいです。男ばかりの職場というのは、どうしても殺伐になって、バクチがはやってしまうものなんです。しかし、そのために、今度の事件のような犯行に走る職員がいるとは思えませんね」

「今、キヨスクのことをいわれましたが、どうも犯人が、Ｋと署名したり、キヨスクを狙ったりしたのが、気になるんです。犯人は、何かの意味で、キヨスクに関係があるんじゃないかと思うんですがね」

十津川は、乗客の毒殺に使われた、キヨスクのみかんのことを思い出しながら、沼田にいった。

「と、いいますと？」

「例のX号店の一日の売り上げは、五百万円を軽く超えているわけでしょう。となると、当然、厖大な利権が、からんでくるんじゃありませんか？」

十津川がきくと、沼田は手を振って、

「しかし、キヨスクは、鉄道弘済会の所有で個人のものじゃありません。鉄道弘済会というのは、十津川さんも、よくご存じと思いますが——」

「知っていますよ。確か戦前に、当時の鉄道大臣が、国鉄の定年退職者や、殉職者の遺族などの救済のために創った財団法人でしょう？」

「昭和七年にできたものです。今は、一般の社会福祉事業をやっていて、毎年十二億円の金を、社会福祉事業に寄付しています」

「それだけ儲かるということでしょう？」

「まあ、そうですが、今もいったように、個人の事業じゃありません」

「しかし、今、国鉄の民営化がいわれていますね。もし、民営になったときは、莫大な利権になるんじゃありませんか？　民営化は、どうやら必至のようだから、水面下で、国鉄の土地や施設の権利というやつが、ひそかに売買されているんじゃないかと、思うんですがね？」

十津川がいうと、沼田は、小さな溜息をついて、

「私も、いろいろと、噂は聞いています。そのたびに、腹が立って仕方がないんです。赤字解消のために、合理化とか民営化とかいっている偉い人たちが、かげで、国鉄の利権を手に入れようと、動き廻っているんですからね」

「キヨスクは、上野駅に、いくつあるんですか？」

「今まで七十一店でしたが、新幹線が開通したため、三月十四日から九十一店に増えました。そのほかに、日食のものが二十四あります」

「みんな、せいぜい二坪か三坪でしょう？」

「そうですね」

「そんな狭い店が、一日五百万円を超す売り上げを記録しているわけでしょう。こんな儲かる店なんか、ほかにないんじゃありませんか。民営化に備えて、キヨスクの権利が売買されたとしても、おかしくないんじゃないかな？」

「それ、調べてみましょう」

と、沼田は、約束してくれた。

6

上野駅の構内に、鉄道弘済会が持っている利権は、巨大である。

いちばん大きなものは、九十一店のキヨスクだが、その他に、二千九百八十四のコインロッカーも、すべて鉄道弘済会の所有である。構内の電話は、電話会社のもののようだが、これも、百六十台のうち、百二十五台は、鉄道弘済会の所有である。

その他、五十五台のジュース自動販売機のすべて、食堂、喫茶店七店が、鉄道弘済会である。

上野駅にあるこうした売店や、コインロッカーなどの一日の売り上げが、平均六千万円。一年では、二百億円を超す。そのうち、鉄道弘済会関係が六八パーセントである。

翌日、沼田が興奮した声で、十津川に電話してきた。

「ぴったりの数字が、出て来ましたよ」

「ぴったりというと、八千万円ですか？」

「そうです。上野駅の構内のキヨスクですが、二坪のものが、八千万円で取引されたという噂があります。キヨスクの利権です。ただし、本当に売買されたのかどうかはわかりません」

「二坪のキヨスクの利権が、八千万ですか」

「四、五年前の話だそうですが、正確なところはわかりません。例によって、そのときには政治家の名前や、得体のしれない青年実業家の名前が、仲介役で出て来たそうです」

それ以上のことは、警察で調べてほしいと、沼田はいった。

十津川は、やっと、犯人の手がかりがつかめたような気がした。

四、五年前というと、国鉄の民営化が、具体化してきた頃である。

国鉄は、赤字経営だが、また、莫大な利権もある。広大な国有地や施設だ。

上野駅についていえば、その一つが構内のキヨスクの権利だった。

犯人は、それを買おうとして、八千万円を用意したのではないのだろうか？

もし、手に入っていれば、今度の事件は、起こさなかったろう。

だが、犯人は、手に入れることができなかった。

上野駅に責任はないだろう。キヨスクの利権の仲介に、上野駅が出ていくとは思えないからである。

犯人に話を持ちかけたのは、沼田のいうように、政治家か、得体の知れぬブローカーだったろう。

そして、犯人は、まんまと欺《だま》されたのだ。

「しかし、それなら、犯人はなぜ、上野駅に、八千万円を要求したんでしょうか？」

亀井が、首をひねっている。

「多分、仲介役が姿を消してしまったので、犯人は、上野駅に要求したんだろう。それとも、仲介役が、責任が上野駅にあると、犯人を欺したのかもしれない」

「たった二坪で、その店の権利が八千万円ですか」

亀井が、溜息をついた。

「八千万出しても、買いたい人間がいるということだろう。上野駅には、キヨスクが、九十一店あるから、単純計算して、七十二億八千万円になる」

「すごい利権ですね」

「だから、国鉄が民営化される際に、利権が、食い荒されるのが怖いんだよ。とにかく、キヨスクの利権八千万円の線を、徹底的に洗ってみようじゃないか。自然に、犯人が浮かんでくるだろう」

「上野駅のキヨスクの利権を買おうとしたとすると、犯人は、やはり、上野駅が好きだったことになりますね」

「だから、まだ、この近くにいると思っているのさ」

と、十津川はいった。

第九章　キヨスク

1

香取ゆきは、宮城県の秋保温泉に泊まって、動く気配がない。

日下と西本、それに、宮城県警の刑事が張り込んでいるから、浜中が現われれば、間違いなく逮捕されるだろう。

十津川と亀井は、上野で、四、五年前の八千万円事件を追っていた。

鉄道弘済会に問い合わせたが、そんな事件は知らないという返事だった。弘済会の知らないところで、事件が進行したのかもしれなかった。それに、知っていたとしても、弘済会は関係ないというだろう。

仲介者の線からの追及も、うまくいかなかった。

仲介にあたったのは、おそらく、運輸族と呼ばれる代議士ではないかと思ったが、特定の代議士を見つけ出すことができないのだ。

二日、三日と、空しく時間が過ぎた。

秋保温泉にも、浜中は、まだ現われないし、上野周辺で、モンタージュの男を見たという報告も、入らなかった。

四日目に、興味のある話が、十津川の耳に入ってきた。

アンテナを張っておいた甲斐があったのである。

四年前、上野駅構内のキヨスクの権利を買わないかと、勧められたことがあるという人物が、見つかったのだ。

浅草田原町で、三代続いて、そば屋をやっている中村太一郎《なかむらたいちろう》という三十五歳の男だった。

十津川と亀井は、すぐ、中村そば店を訪ねた。

三代続いたというだけに、落ち着いた構えの店だった。

中村は、父親が病死して、当主になったばかりですと、はにかんだ顔でいった。

「まだ、親父が生きていたときでしてね。私は、子供のときから、鉄道や駅が好きだったんです。だから、ああいう話が来たんじゃないですかね」

「キヨスクの権利が、八千万円で手に入るという話ですね？」

「そうです。国鉄が民営化されたとき、上野駅の中に、自分の売店を持っていれば、たいへん得だといわれましたね。一日の売り上げが、三百万から五百万だというんでしょう。それに、権利も、どんどん高くなるともいわれましたよ。うちの商売も、そう発展も望めないので、正直にいって、気持ちが動きましたね」

「しかし、八千万円は払わなかった？」

「ええ。それだけの金が用意できなかったんですよ。現金で八千万円ということでしたからね」

「あなたに、その話を持って来たのは、どんな人ですか？」

十津川は、いちばん大事な質問をした。

「うちに、よく来るお客さんです。信用のできる人です。芸能プロダクションの滝《たき》川《かわ》プロの社長さんですよ。ご存じでしょう？」

「名前は聞いたことがありますが――」

十津川は、ちらりと、亀井と顔を見合わせた。

「確か、歌手の里見《さとみ》ケイ子が所属していたプロダクションじゃありませんか」

と、亀井がいう。

「そうですよ、そのプロダクションです」

と、中村がいった。

「滝川プロの社長さんは、ときどき、里見ケイ子さんを連れて、この店に見えたことがありました」

「しかし、なぜ、滝川プロの社長が、キヨスクの権利を、あなたに買わないかといったんですか？　芸能プロの社長は、べつに、鉄道弘済会と関係はないんでしょう？」

十津川が、不思議な気がしてきくと、

「滝川社長さんは、話を持って来られただけでしてね。滝川プロの顧問を、代議士の冬木《ふゆき》泰造《たいぞう》さんが、やっておられるんです。冬木先生が、キヨスクの権利のことを、詳しくご存じだったんです。ただ、冬木先生は、お忙しい方なので、滝川さんが、話を持って来られたんですよ」

「冬木というと、前に運輸政務次官をやったことのある人ですね？」

「そうです。あの先生です。今も、国鉄民営化について、議論している委員会の委員をされているはずですよ」

「なるほど。だから、信用されたんですね？」

「そうなんです」

「冬木さん自身に、会ったことはあるんですか？」

「滝川さんが、一度、連れてみえたことがありましたね。冬木先生も、江戸っ子で、そばが好きだとおっしゃっていました」

「中村さんは、結局、その話に乗らなかった。ほかに、同じ話に乗った人を知りませんか？　その人も、この辺りに住んでいるんじゃないかと思いますがね」

「そうですねえ。私が、肝心の資金ができなかったので、二、三人、滝川さんに紹介したのを覚えていますよ。上野駅に、売店の権利を持つというのは、悪い気分じゃありませんからね」

「その人たちの名前を、教えてください」

「どうかしたんですか？　あの人たちが――」

「いや、そうじゃありませんが、とにかく、教えてください」

と、十津川は頼んだ。

中村は、三人の名前を書いてくれた。

いずれも、上野駅から浅草にかけての地区で、何かの商売をしている人たちだった。

十津川と亀井は、その三人に、会うことにした。

一人目と二人目は、中村と同じように、八千万円の用意ができなかったために、いい話だったが、降りたと、十津川にいった。

三人目は、上野駅近くで模型店をやっている、内藤徹《ないとうとおる》という四十二歳の男だった。

だが、上野駅を出て、浅草通りを渡ったところのはずだった。十津川たちが行ってみると、店は閉まっていて、「貸店舗」の紙が貼ってあった。


〈ご用の方は、左記へＴＥＬください〉


とあったので、十津川は電話してみた。長田《おさだ》商事という会社で、今は、その店の持ち主である。

十津川と亀井は、上野広小路にある長田商事を訪ねた。

四十歳と若いが、台東区内に、五つの貸ビルを持っているという長田社長は、

「あの店は、べつに不正な手段で、手に入れたものじゃありませんよ」

と、十津川にいった。

「いや、そういうことを問題にしているんじゃありません。四年前に、あそこで模型店をやっていた内藤さんの消息を知りたいのです。あなたは、内藤さんから、あの店を買われたんじゃありませんか？」

「ああ、あの人のことですか。確かに内藤さんから買ったんだが、話を持ってきたのは、滝川さんですよ」

「滝川プロの？」

「ええ。といっても、あのプロダクションは、もう二年前に潰れて、滝川さんも自殺したとか聞いていますがね。あの人も、派手にやりすぎたから」

「自殺したというのは、本当ですか？」

「週刊誌で読んだ記憶がありますよ。滝川さんは、もともと、上野の生まれでね。親しくしていたんです。四年前の春頃だったかな。上野駅前の店が、八千万円で売りに出ているが、買わないかと、滝川さんがいいに来たんですよ」

「それが、あの店だったわけですね？」

「ええ。見てみたら、場所はいいし、八千万なら安いと思いましてね」

「そのとき、内藤さんに会いましたか？」

「ええ、会いましたよ。とにかく、一刻も早く金が欲しいということでしたね」

「どんな男だったか、覚えていますか？」

「そうですねえ。商談が成立してから、内藤さんのおごりで、浅草で飲んだことがありましたよ」

「ほう」

「子供相手のプラモデルなんかを売っているので、話がわからない男じゃないかと思ったんですが、話してみると、面白い人でしたよ。意外に、親分肌の性格でね。鉄道が好きなので、趣味で、プラモデルを集めているうちに、いつのまにか、自分で、プラモデルの店をやるようになったと、いっていましたね」

「そのとき、どうして急に、八千万円が要《い》ることになったのか、あなたに話しましたか？」

「長い間の自分の夢をかなえるためだといっていましたね。なんでも、鉄道好きで、鉄道に関係した仕事をするのが、夢だったそうですよ。それ以上のことは、聞きませんでしたがね」

「すると、あなたと内藤さんの間には、何の問題もなかったわけですか？」

十津川がきくと、長田は苦笑して、

「ところが、あとで、ちょっともめましてね」

「どうしたんですか？」

「内藤さんが、なぜか居すわって、動こうとしないんですよ。八千万円の支払いもすませたし、登記もすんだんですがね」

「なぜですか？」

「それが、よくわからないんですよ。私は、仲介役の滝川さんに、文句をいいましたよ。話が違うじゃないかってね。あの店には、内藤さんの仲間だという男がいて、死んでもどかんと、がんばっていましたからね」

「その男の名前は、朝倉とはいいませんでしたか？」

亀井がきいた。

「さあ。覚えていませんね。しかし、内藤さんもその男も、二十代の頃は、ぐれていたという噂は聞きました」

「結局、どうなったんですか？」

「今もいったように、私は、滝川さんに、何とかしてくれと頼みましてね。それから、二週間ぐらいしてからかな。急に、内藤さんがいなくなって、あの店が、完全にうちのものになったわけです」

「滝川さんが、何とかしたというわけですか？」

「と思いますよ」

「内藤さんですが、こんな顔をしていませんでしたか？」

十津川は、若い警察官の証言で作ったモンタージュを、長田に見せた。

「似ている感じもしますが、なにしろ、内藤さんには、その後、一度も会っていないんですよ」

と、いった。

3

十津川と亀井は、さらに、内藤模型店のあった場所に戻った。

近くに、いろいろな店が並んでいる。そうした店の主人たちから、内藤のことを聞くためだった。

彼らの何人かが、内藤のことを覚えていて、話してくれた。

その結果、内藤がどんな男か、すこしずつわかってきた。

内藤は、上野不忍池近くの大きな料亭の一人っ子として生まれた。子供のときは、どちらかというと、おとなしくて、上野駅へ行っては、発着する列車を見ていたらしい。

内藤が、高校二年のとき父が死に、それ以後、三代続いた料亭が経営不振に陥り、二年後に、他人の手に渡ってしまった。

母親も、それが原因で病気になり、半年の入院生活のあと死亡。

内藤は、ひとりぼっちになった。

そのせいか、若いときには、ぐれて、遊び歩いた。

上野にもいられなくなって、関西に流れたこともあった。ぐれていた頃、彼の弟分にあたる男が、一緒にくっついていた。それが朝倉である。

内藤が、三十代の初め頃、何をしていたかわからないが、どうしても、上野が好きで舞い戻った。

そして、上野駅近くに模型店を開いた。

彼自身がいったところによると、その資金をかせぐのに、ずいぶん苦労したらしい。

そして、八千万円で、キヨスクを買う話になったわけである。

十津川たちに、内藤のことを話してくれた酒店の主人は、その前後のことを、こう説明してくれた。

「あのときのことは、よく覚えていますよ。内藤さんは、すごく浮かれていましたね。長年の夢がかなうことになったといって」

「長年の夢というのは、どういうことだったんですかね？」

亀井がきいた。

「上野駅で、好きな列車を見ながら、商売ができることになったと、いってましたね。まさか、キヨスクの権利を買ったとは思わないから。構内に、食堂や喫茶店がありますね。それで、内藤さんは、喫茶店でもやることになったと思っていたんですよ」

「しかし、彼は、結果的に欺《だま》されたわけですね？」

「くわしい事情は知りませんが、怒って、売った店に居すわったのを知っているんです。弟分とかいう男の人もやって来て、二人で、頑張っていましたよ」

「それで、どうなったんですか？」

「ホームレスがやって来て、店の前に、寝転がるようになりましたよ」

「ホームレスが？」

「そうなんです。あれは、上野駅によくいるホームレスじゃないかな。四人、五人とやって来て、黙って、店の前に座り込んだり、店を開けると、小便をしてあったりするんですよ」

「皆さんの店でも、やるわけですか？」

「そうです。あれは、誰かが金を与えて、やらせていたんですね。いくら追っ払っても際限《きり》がなくてね。内藤さんさえ、おとなしく店を明け渡してくれれば、このいやがらせもやむといって、みんなで、内藤さんを追い出したみたいなことになりましてね。内藤さん自身も、欺されていたわけだから、申し訳なかったと思っていますよ」

と、酒屋の主人はいってから、すぐ思い出したように、

「この間、内藤さんを見かけましたよ」

「どこでですか？」

「谷中《やなか》の善光寺《ぜんこうじ》というお寺の前でです。あれは、間違いなく内藤さんでしたね」

ない。

4

谷中に、善光寺を訪ねた。

もし、内藤が、ここに来たとしたら、盗聴マイクの前の芝居が成功したのかもしれない。

谷中は、寺の多い所である。

十津川は、亀井と、善光寺の住職に会い、内藤の顔写真を見せた。内藤の店があった商店街の主人たちの一人から手に入れた写真である。

「ああ、この方なら、一昨日、いらっしゃいましたよ。しかし、お名前は、内藤さんじゃなくて、山田さんでしたが」

と、住職がいった。

「それで、何をしに、彼は、来たんですか？」

「亡くなったお友だちの墓を作ってほしいといわれるんですよ。朝倉という人の墓です。調べたところ、朝倉さんは、うちの檀家《だんか》でしたのでね。新しく墓を作って、回向《えこう》してさしあげることにしました。二百万円、置いていかれましたよ。前の石屋さんで、今、墓石を作ってもらっているところです。それにしても、お友だちのお墓を作りたいというのは、近頃、奇特な方だと思いましたよ」

「連絡先は、いっていきませんでしたか？」

「いや。墓石ができた頃、また、来るからといってらっしゃって、連絡先は、おっしゃらなかったですね」

「いつ頃、墓石は、出来るんですか？」

「一ヵ月は、かかります」

と、住職はいった。

十津川は、その男から連絡があったら、すぐ知らせてくれるように頼んで、善光寺を出た。

内藤が、犯人であることは、もう間違いないだろう。

十津川は、捜査本部に戻ると、署長に、その旨を報告した。

署長は、ほっとした顔になった。

「犯人が、上野周辺にいるだろうという君の推理は、当たっていたわけだな」

「当たってくれて、助かりました。どうやら盗聴マイクの前での芝居も、当たったようです」

「内藤は、結局、滝川というプロダクションの社長に欺されて、八千万円を取られてしまったということか？」

「滝川と、政治家の冬木泰造の二人にでしょう。滝川だけの話なら、内藤は、信用しなかったんじゃありませんかね」

「冬木さんに、一応、問い合わせてみよう」

と、署長はいった。

しかし、電話連絡をとった署長は、そのあとで、十津川に向かって、憮然《ぶぜん》とした顔を見せた。

「冬木さんは、すべて、滝川が、勝手にやったことで、自分も迷惑しているんだと、いっていたよ」

「署長は、その言葉を信じられましたか？」

十津川がきくと、署長は、肩をすくめて、

「いや。だがね、滝川という男は、事業の失敗を苦にして自殺してしまっているんだ。冬木さんの言葉が嘘だという証拠はないし、証言する人も、いないんだからね」

「だから、内藤は、上野駅に八千万円を要求したのかもしれませんね。滝川は死んでしまったし、冬木代議士は、会ってもくれなかったでしょうからね。それに、上野駅のホームレスのこともありますから」

「内藤に、家族はいないのかね？」

「私とカメさんで調べたところでは、一度、結婚したことがあるんですが、すぐ、別れています」

「ひとりぼっちの男か」

「そうですね。しかし、このうえなく、上野の街と上野駅が、好きな男です」

「だから、大金を手に入れながら、高飛びせず、また上野に舞い戻って来たということかね」

「そうです」

「問題は、内藤が、上野で何をする気かということだな。大金を持って、ホテルや旅館を、泊まり歩いているのだろうか？」

「いや、内藤は、自分が警察に追われているとは思っていません。警察は、見当外れの東北を探しているし、モンタージュも、全然、似ていない。だから、安心して上野に戻って来たんです。しかも彼は、上野の街に執着を持っています。とすると内藤は、上野の街のどこかで、また、商売を始めるかもしれません。いや、もう、どこかに店を構えているかもわかりませんよ」

「本当に、そう思うのかね？」

「思いますね。内藤は、多分、自分が悪いことをしたとは、思っていないんじゃないかと思うんです」

「何人もの人間を殺しておいてかね？」

「内藤は、自分が被害者だと思っているんじゃないでしょうか。八千万円を欺し取られた被害者です。ホームレスたちも、金で雇われて、自分を追いつめたんだから、毒殺されても仕方がないと、思っているはずですよ」

「だから、平気で、上野に、また店を持つだろうと思うのかね？」

「思いますね」

十津川は、ニッコリ笑った。

署長は、変な顔をして、

「君は、あまり、犯人を憎んでいないようだね？」

「最初は、この犯人ほど、憎むべき人間はいないと思っていました。罪もないホームレスや無関係の乗客を殺し、仲間まで殺していますからね。もちろん、今だって、許すことはできません。ただ、犯人のイメージは、だいぶ変わってきました。凶悪犯というイメージは、なくなってきましたね」

「彼も、本当は、被害者だったということかね？」

署長がいう。

十津川は、首を振って、

「そうは思いません。犯人の内藤が、キヨスクの利権をエサにして、八千万円欺し取られたのは事実だと思います。しかし、今度の事件では、明らかに加害者です。その事実は、曲げられませんよ」

きっぱりといった。

「内藤を、捕まえられると思うかね？」

「大丈夫です」

「しかし、まんまと、一億円を強奪した男だよ」

「そうですが、内藤は、いくつかの弱点を持っています。それを突いていけば、逮捕は可能だと思います」

「どんな弱点だね？」

「第一は、内藤が、現在、自信満々でいるだろうということです。署長にいわれたとおり、彼は、まんまと一億円を手に入れたし、まだ、捕まっていません。それに、盗聴マイクで捜査会議の内容を聞いたと思われますから、自分は、捕まらないだろうと思い込んでいるでしょう。その油断につけ込むことが可能です」

「ほかには？」

「第二は、彼の律義《りちぎ》さです。内藤は、谷中の善光寺に現われて、死んだ仲間、朝倉の墓石と、回向《えこう》を頼んでいます。下町の人間の律義さかもしれませんし、自分の手で、朝倉を殺してしまったことへの、後ろめたさからかもしれませんが、とにかく、内藤は、墓石が出来たら、姿を現わすと思いますね。そういう律義さがある男です」

「しかし、あと一ヵ月かかるんだろう？　朝倉の墓石が完成するには」

「そうです。もちろん、その前に内藤を捕まえるつもりです」

「ほかにも、内藤の弱点があるかね？」

「今もいいましたように、内藤は、上野の街に、固執《こしつ》していますが、これも、彼の弱点だと思っています」

「彼は、今でも、あの盗聴マイクを利用していると思うかね？」

「彼が、上野に戻って来て、善光寺へ現われたのは、明らかに、盗聴マイクで、例のニセの捜査会議を聞いたからだと思います。内藤は、模型店をやっていました。当然、ラジコンとか、トランシーバーなども売っていたでしょうから、内藤は、盗聴マイクにも詳しくて、自信があると思いますね。だから、今でも聞いていて、警察を笑っている可能性が強いと思うのです」

十津川はいった。

5

秋保温泉のほうは、静かなままだった。

香取ゆきは、毎日、旅館で、気ままに過ごしている。

日下刑事からの連絡によれば、ゆきが秋保温泉に入ってから、二度、男の声で電話があったという。

内容はわからないが、おそらく、浜中からの電話であろう。

「例のニセの捜査会議のせいで、浜中が、用心しているんだと思いますね」

と、亀井がいった。

「われわれが、東北に捜査の重点を置くと、あの捜査会議で言明したからかい？」

十津川が苦笑しながら、亀井を見た。

「そうです。主犯の内藤は、盗聴マイクで聞いて、安心して上野に舞い戻ったんでしょうが、逆に、秋保温泉で、香取ゆきと会うことにしていた浜中は、用心して、顔を出さなくなったんだと思いますね」

「すると、浜中が現われないのは、内藤が、盗聴マイクを、まだ聞いていた証拠でもあるわけだね」

「そう思います」

「浜中は、必ず現われるよ」

「そう思われますか？」

「浜中は、若い。どうしても、香取ゆきに会いたくなれば、内藤の警告を無視して、姿を現わすよ。だから、日下刑事にも、じっくり待てと、いっておいたんだ。それに、主犯は、あくまで内藤で、浜中は、使い走りに過ぎない。放っておいても、危険はないだろう」

「内藤は、今、どこにいると思われますか？」

「彼は、子供の頃から、上野駅で列車を見るのが好きだったということだからね。どこか、列車が見える、この上野の街のどこかにいるはずだ」

「そんなに、この街が好きなんですかねえ」

亀井は、窓の外に、眼をやった。

「カメさんだって、生まれ故郷の東北の匂いがするから、上野を好きだと、いっていたじゃないか」

十津川が、亀井の背中に向かっていった。

「上野駅は、好きです。青森へ行く列車を見ることが、できますからね。しかし、上野の街は、あまり好きじゃありません。やはり、青森や仙台の街が好きですよ」

と、亀井はいった。

刑事たちは、上野の街を、犯人の内藤の姿を求めて、歩き廻っていた。

十津川は、それだけでなく、上野に舞い戻った内藤を、逃がさないための手も打っていた。

もし、内藤が、上野から逃げ出すとすれば、列車か飛行機か、車のいずれかが利用されるはずである。

成田空港には、海外への逃亡を防ぐために、すでに刑事が張り込んでいる。

それに加えて、十津川は、羽田にも、刑事を張り込ませることにした。

十津川は、駅員と公安官にも、内藤の写真のコピーを配っておいた。新幹線コンコースの地下一階にある防災センターの壁にも、この顔写真を貼り、もしモニターテレビに映ったら、すぐ連絡してくれるように頼んだ。

最後は、上野から、各方面に通じる幹線道路である。

今から一週間、「交通安全のため」というタテマエで、検問を実施してもらうことにした。

一週間と区切ったのは、それ以上の検問は怪しまれるということもあったからだが、同時に、一週間以内に、内藤を見つけ出せるだろう、という自信もあったからだった。

捜査本部の壁には、上野駅周辺の地図が、かかっている。

内藤は、この中にいるはずだった。

空も列車も道路も封鎖した。内藤は、袋の鼠《ねずみ》のはずだった。ただ、その袋が、少しばかり大きいのが難ではあるが。

内藤が、偽名で、ホテル、旅館に泊まっていることも考えられるので、十津川は、刑事たちに、片っ端から調べさせた。

しかし、上野周辺のホテル、旅館には、内藤の姿はなかった。

動きは、先に、秋保温泉のほうで出た。

6

旅館に入ってから、一度も外に出なかった香取ゆきが、朝食のあと、外出した。

昨夜、男の声で、ゆきに電話があったのは、わかっていたから、日下と西本は、緊張した。

仙台市を流れる川は、広瀬《ひろせ》川と名取《なとり》川である。

広瀬川の上流にあるのが、作並《さくなみ》温泉、名取川の上流が、秋保温泉である。そのため、この二つの温泉は、仙台の奥座敷といわれている。

旅館を出たゆきは、名取川の川岸を、ゆっくり上流に向かって歩いて行く。

秋の紅葉の頃は、多くの人出で賑わうところだが、今はまだ寒く、人の姿も少なかった。

青葉の季節にも、まだ間がある。

川岸には、大きな岩がごろごろしていて、美しい渓谷美《けいこくび》をつくっている。防寒の服装で、渓流釣りをしている老人の姿が見えた。

川の向こう側を、秋保街道が走っていて、時折り、車が走ってくる。

湯の橋と書かれた橋まで来て、ゆきは、立ち止まり、川面を見下ろしている。
「ここで、待ち合わせかな？」
日下は、西本にささやいた。
「浜中は、車で来るかもしれないぞ」
「じゃあ、県警の車を用意しておいてもらおう」
日下は、トランシーバーで、県警の刑事に連絡を取った。
時間がたっていく。
ゆきは、煙草をくわえて、火をつけ、ゆっくり吸い込んだ。
浜中は現われない。
日下と西本の背後に、車が来て停まった。
県警の覆面パトカーである。
急に、ゆきは、くわえていた煙草を川に投げ捨てて、橋を渡って行った。
秋保街道に白い車が来て、橋の袂《たもと》で停まった。
ゆきが、助手席に乗り込むと同時に、猛烈な勢いで、上流に向かって走り出した。
日下と西本も、あわてて県警のパトカーに乗り込み、追跡にかかった。
赤色灯をつけ、サイレンを鳴らした。

だが、前方を走る白いソアラは、停まる気配がなかった。
スピードが、上がっていく。
ガードレールがあっても、左側は、深い渓谷である。
「無茶な走り方をしやがる」
と、日下が舌打ちしたとき、突然、白いソアラが、視界から消えた。
カーブを切りそこねて、ソアラがガードレールを突き破って、谷に転落したのだ。
パトカーは、急ブレーキをかけて停まった。
日下と西本、それに県警の刑事も、車から飛び出した。
谷底に転落したソアラが、腹を見せている。
前輪が、空しく空転していた。
「救急車の手配をしてください！」
と、日下は頼んでから、改めて谷底をのぞき込んだ。

7

その日の午後になって、浜中が、運ばれた先の病院で死亡したと、十津川は知らされた。

香取ゆきのほうは、どうやら命だけは取り留めたようだった。

「浜中が運転していた車は、レンタカーでした。それから、車内にあったボストンバッグには、五百万円の札束が入っていました」

「それが、浜中の分け前だったわけだな」

「そう思います。香取ゆきは、現在、絶対安静なので、事情聴取ができずにいます」

「君と西本君は、あとを、宮城県警に任せて、すぐ帰ってきたまえ。内藤を見つけるのを手伝ってもらうよ」

と、十津川はいった。

しかし、その日の記者会見で十津川は、意見を求められると、

「主犯は、まだ、東北地方に潜んでいると考えます」

と、いっておいた。

主犯の名前が内藤とわかったことは、いぜんとして、伏せたままにしておくことにしたのである。

刑事たちは、上野周辺の不動産屋にも、一つずつ当たっていた。

内藤が、店なり住居なりを、借りるか、買ったかした可能性があったからである。

しかし、内藤と思われる男が、そうしたという情報は、どこの不動産屋でも、聞くことができなかった。

「女がいるのかもしれないな」

と、十津川は、亀井にいった。

自分の名前は出さず、女にマンションなり店なりを、借りさせたり買わせたりした可能性もある。

「四十代の男なら、女の一人ぐらいいても、おかしくありませんね」

と、亀井もいう。

「四年前、上野駅前で、模型店をやっていたときは、特定の女はいなかった。これは、はっきりしている。問題は、その後、事件を引き起こすまでに、女ができたかということだが」

と、十津川はいってから、

「その内藤の四年間が、わからないのだから、どうしようもないな」

「田中刑事が、住民票から、内藤の四年間を追いかけていますから、何かわかるかもしれません」

と、亀井がいった。

内藤は、四年前、上野駅前で模型店をやっていたが、八千万円を詐取されたあと、日暮里駅近くのアパートに引っ越しているのがわかった。

田中刑事が、そのアパートを訪ねてみた。

木造モルタルのアパートで、六畳一間で一万八千円の部屋代である。

内藤は、このアパートに、約一年間いたことが確認された。

毎日、昼近く外出していたが、どこで、何をしていたのか、管理人も隣室の人も、知らなかった。

「いつも、怒ったような顔をしていて、酔っ払って騒いでいることがありましたよ」

と、隣室に住んでいた人は、田中刑事にいった。

おそらく、内藤は、自分を欺した滝川や、代議士の冬木に会って、八千万円を取り戻そうと、毎日、歩き廻っていたのであろう。

朝倉と思われる男が、ときどき会いに来ていたことも、わかった。

内藤は、次に、また、上野駅の近くに移っている。

上野から浅草へ行く途中の稲荷《いなり》町にある小さなアパートだった。

ここでも、内藤は、近所づき合いをせず、滝川や冬木を、追いかけていた気配がある。

しかし、そのうちに、滝川は自殺し、冬木は会うことを拒否し続けたのだ。だから、内藤は、的《まと》を上野駅に変えたのではあるまいか。

内藤は、このアパートに、一年半ばかりいたが、その後の引っ越し先は不明だった。黙って越してしまったし、住民票も移していなかったからである。

内藤は、写真で見ると、なかなかハンサムで、女にもてそうな感じがする。しかし、日暮里と稲荷町のアパートでは、女の匂いは感じられなかった。

なんとかして、八千万円を取り返したくて、女どころではなかったのかもしれない。

日暮里と稲荷町で、約二年半を過ごしたとすると、今度の事件まで、あと一年半ある。

その間、内藤は、どこで、何をしていたのだろうか？

上野駅を脅す計画を立て、青酸カリを手に入れるために、動き廻っていたのかもしれない。

朝倉は、前からのつき合いだから、共犯になるとして、浜中も、その一年半の間に、仲間に誘い込んだのだろう。

もし、女ができたとすれば、その間ということが考えられる。

仙台から、東北新幹線で帰京した日下と西本の二人にも、田中刑事に協力して、内藤の過去を洗わせることにした。

8

田原町近くのガソリンスタンドで、内藤らしき男を見たという報告が入った。

給油係の若い男が、夕方、赤いファミリアに給油したのだが、そのとき、助手席にいた男が、内藤によく似ていたと、聞き込みに行った刑事の一人に、いったのである。

「女のほうが運転していて、男が助手席に乗っていたので、覚えているんです」

と、給油係は、刑事にいった。

「この男に、間違いないかね？」

桜井刑事は、内藤の写真を、もう一度見せて確かめた。

「間違いありませんよ」

「女のほうは？」

「三十歳ぐらいかな。ちょっと派手な感じでしたね」

「車のナンバーを覚えているかね？」

「足立《あだち》ナンバーだったけど、それ以外は、覚えていませんね」

と、若い給油係はいった。

やはり、内藤には女がいたのである。

もちろん、二人が乗っていた赤いファミリアは、女の車だろうし、上野周辺のどこかに住みついたとすれば、女の名前で借りたか、買ったかしたに違いなかった。

給油係の証言に基づいて、女のモンタージュも作られた。

一方、田中、日下、西本の三人の刑事は、内藤の過去を追い続けていた。

稲荷町のアパートから、内藤は、どこへ引っ越したのか？

三人の刑事は、内藤が頼んだ運送店を探すことにした。

いくつかの運送店を当たってから、田中たちは、問題の店を見つけ出した。

内藤は、今度は、浅草千束のアパートに越していたことがわかった。

そのアパートに行ってみてわかったのは、内藤が、急に働き出したということだった。

管理人によると、内藤は、昼間は町工場で働き、夜は守衛の仕事もやっていたという。

内藤は、必死になって、金を貯めていたらしい。

それはおそらく、上野駅を脅迫して、八千万円を手に入れるための軍資金作りだったに違いなかった。

青酸カリを手に入れたのも、この頃だったろう。

下町のメッキ工場で働いていたとすれば、工業用の青酸カリを手に入れるのは、簡単だったはずである。

内藤が働いたという町工場のいくつかを、三人の刑事たちは、訪ねてみた。

その中に予期したとおり、メッキ工場もあった。

もう一つ、二番目の玩具工場で、田中たちは、面白いことを耳にした。

その工場で、経理の仕事をしていた有田《ありた》伸子《のぶこ》という女のことだった。

三十二歳で未亡人だった伸子と、内藤が親しくなったという話である。

日下と西本の二人の刑事が、その玩具工場の経営者に、会った。

経営者というより、おやじという感じの、小太りの男である。

「彼女は、美人だし、頭も切れたからねえ。内藤さんといい仲だと聞いたときは、正直いって、がっかりしたねえ」

と、おやじさんは、ニヤッと笑って見せた。

「彼女の写真は、ありますか？」

「あると思いますよ。ちょっと待ってよ」

と、彼は、机の引出しをひっかき廻していたが、一枚の写真を出して、日下たちに見せた。
十二、三人の従業員が、かたまって写っていた。丹前を着ているから、温泉へ行ったときにでも撮《と》ったのだろう。
内藤は、すぐわかった。その隣りにいる女が有田伸子だという。

「それは、去年の秋に、熱海へ慰安旅行に行ったときに撮ったんだが、考えてみると、その頃から、二人はできていたんだねえ」

あははと、おやじさんは、笑った。人の好さそうな笑い方だった。

「内藤さんは、いつまで、ここで働いていたんですか？」

西本がきいた。

「今年の一月いっぱい働いていたよ。二人で、一緒にやめてしまったんだ」

「今、この二人が、どこにいるか、知っていますか？」

「それが、ぜんぜん、わからないんだ。内藤さんも、プラモデルのことに詳しいんで、二人に、もう一度、働いてもらおうと思って探したんだが、とうとう見つからなかったですよ」

「ここで働いていたときは、二人は、どこに住んでいたんですか？」

「彼女のほうが、この先のアパートに、ひとりで住んでいてね。内藤さんが、そこに転がり込んだんだよ。そのアパートにも行ってみたんだが、二人とも、どこへ行ったか、わからなくてね。その後、ぜんぜん会ってないんだよ」

「有田伸子さんに、家族はいないんですか？　両親や兄弟は」

「両親は、九州だということだよ。兄弟は、いないんじゃないかね。聞いたことがないから」

「その両親の住所は、わかりませんか？」

「履歴書が残っていると思うんだが」

と、おやじさんは、また机やキャビネットを探してくれたあと、彼女が自分で書いたという履歴書を見つけてくれた。

きれいな字で、顔写真も貼ってあった。

確かに、本籍が宮崎市内になっている。

「そこに、両親が、今でも住んでいるようですよ」

と、おやじさんはいった。

日下と西本は、その履歴書と写真を借りて、捜査本部に戻った。

すぐ宮崎県警に電話して、有田伸子の両親に会ってもらった。

彼女の両親は、宮崎市内で食料品店をやっていたが、娘の伸子からは、最近、まったく連絡がなく、どこにいるかもわからないという返事だったという。

十津川は、べつに失望はしなかった。

内藤と、現在一緒にいる女が、有田伸子という三十二歳の女であることは間違いないだろう。

今、どこにいるかわからないが、上野駅の近くにいることだけは間違いないと、十津川は思っていた。

そして、二人は、赤いファミリアに乗って出歩いていることも確かなのだ。

内藤一人よりも、女が一緒のほうが、見つけやすいことも間違いない。

時間をかければ、必ず見つかるはずである。

だが、その時間が、あるかどうか、だが。

9

突然、本多捜査一課長から、十津川に電話がかかった。

「犯人は、すぐに逮捕できそうかね？」

「なるべく早く逮捕したいとは、思っているのですが、日時を確約できるところまでは、いっていません」

十津川は、正直にいった。

「実は、心配なことができたんだよ」

「どんなことですか？」

「内藤は、四年前、滝川と冬木代議士の二人に欺されて、八千万円を詐取された。それが、今度の事件の原因だということだったね」

「そうです」

「その冬木代議士だが、今でも運輸委員会の委員だ。彼は、明日の午後、新幹線の上野駅を視察しに行くことになった」

「本当ですか？」

「明日の午後三時だ。内藤が、一億円を手に入れて、それで満足していればいいが、まだ冬木代議士を恨んでいるとすると、何かやるかもしれん」

「冬木代議士の件は、新聞に出たんですか？」

「明日の朝刊の『政界往来』のところに、のるということだ。だから、内藤が知るチャンスは、十分にあることになる」

「明日の午後三時ですか」

「冬木代議士には、内藤のことは知らせていない」

「そうですか」

「明日の午前中までに、内藤を逮捕できないかね？」

「全員で、必死に探しているんですが、まだ見つかりません。今日中にも、見つかるかもしれないんですが」

「冬木という人は、頑固で、他人《ひと》の指示には従わないいらしいからね。内藤のことを話しても、明日の上野駅行きは中止しないだろうと思うのだ」

「なんとか、対処する方法を考えます」

と、十津川は、本多にいった。

電話がすむと、十津川は、署長に話を伝えた。

署長も、当惑の色を浮かべた。

「内藤は、新幹線駅の業務用エレベーターに、ダイナマイトを仕掛けて、朝倉を殺したからね。冬木代議士が、上野駅に来ると知れば、何をするかわからんな」

「そのとおりです」

「上野駅の周辺に閉じ籠《こ》めたと思って、ほっとしていたんだが、かえって危険な状況になってきたね。われわれが、内藤について、何も知らずにいると思い込んでいれば、なおさら、明日、何か仕掛けてくるだろうね。まあ、考え方によれば、そのときが逮捕のチャンスでもあるわけだが」

「冒険はできませんし、内藤は、時限爆弾を作って、それを運ぶのに、金で雇った人間に頼むことも考えられます」

「そうだな。内藤は、利用した人間を、一人毒殺していたんだな」

「ですから、明日の午後三時までに、内藤を逮捕するのが、いちばん安全だと思います」

と、十津川はいった。

署長は、じろりと十津川を見た。

「君は、簡単にいうが、それができれば苦労はないだろう。今から二十時間しかない。その間に、内藤と女を見つけ出す自信があるのかね？」

「正直にいって、まったくありません。今、刑事たちが、上野駅の周辺を歩き廻っています。運がよければ、五分後に、内藤を見つけられるかもしれませんし、三日、四日と、駄目かもしれません」

「それでは、明日に間に合わないじゃないか」

署長は、肩をすくめた。

「ですから、なんとかしたいと思うのですが」

と、十津川はいった。

十津川は、亀井とも相談した。

亀井は、じっと考えていたが、

「私が育った東北の田舎で、山に入って、野兎《のうさぎ》を獲《と》ったことがあります。穴に入った兎は、穴から追い出して捕まえるんです」

「内藤は、穴にもぐり込んだ兎だというわけか？」

「そうです。上野の街は、彼の逃げ込んだ穴みたいなものです。穴が深いので、簡単には捕まえられない。少しずつ掘っていけば、いつか捕まえられるでしょうが、明日の午後三時までに見つけられるかどうか、わかりません」

「だから、追い出したほうが簡単か？」

「そうです」

「しかし、内藤は、野兎じゃない。どうやって追い出すんだ？　それに、追い出したのはいいが、手の届かぬところに逃げられてしまったら、どうしようもなくなるよ」

「そうですね。その二つが解決すれば、明日の午前中までに、内藤を逮捕できますよ」

亀井は、簡単にいった。

十津川は、考え込んだ。

内藤が、穴にもぐり込んだ野兎だという亀井のいい方は面白い。

確かに、似ていることは似ているのだ。

ただ、野兎なら、いぶり出すこともできるだろう。

しかし、相手は人間である。

それに、上野の街は穴とは違う。煙で、いぶり出すわけにはいかないのだ。

(煙の代わりに、何を使えばいいのだろうか？　それに、穴から出て来たところを、どうやって逮捕するかも、問題だが——)

十津川は、考えを進めていった。

結論を得たのは、夜中近くなってからである。

10

十津川は、まず、上野から各方面に向かう道路に配置してある警官を増強した。

主要道路にだけ配置していたのを、脇道にもパトカーを配置した。

次は、鉄道である。

上野駅への刑事の配置を増やすと同時に、上野駅周辺の駅、日暮里、鶯谷《うぐいすだに》、御徒町、あるいは、地下鉄の稲荷町、田原町などにも、警官を張り込ませた。

成田空港と羽田空港には、前から刑事が張り込んでいるし、結着は、明日の一番機が発つ前につける気だった。

十津川は、道路の押さえに向かうパトカーの警官や、鉄道の各駅に配置される警官に向かって、今から朝にかけてが勝負だと、いい聞かせた。

「内藤と女が現われたら、絶対に捕まえるんだ。逃がしてはならん。それから、道路の検問にあたる者は、赤いファミリアに注意しろ。二人が、それに乗ってくる可能性が強いからだ」

と、十津川はいった。

あとは、内藤と女を、上野の街から追い出すことである。

野兎や狐なら、煙でいぶり出せばいいのだが、相手は人間なのだ。言葉で追い出すより仕方がない。

十津川は、もう一度、盗聴マイクを使うことにして、署長に、緊急捜査会議を、盗聴マイクのある部屋で開いてもらうことにした。

ぶっつけ本番なので、喋るのは、自分一人にしてもらった。

「緊急の捜査会議を開いてもらったのは、今度の犯人の正体が、わかったからです」

と、十津川は、いきなりいった。

署長も亀井も、黙っている。ほかの刑事たちは、すべて、道路の封鎖や、駅の張り込みに出かけてしまっている。

だから、部屋には、十津川、署長、亀井の三人しかいなかった。

「犯人の名前は、内藤です。動機もわかりました。四年前に、キヨスクをタネに、八千万円を欺し取られたのを恨んでの犯行でした。幸い、われわれが東北に眼を向けているので、安心して上野に戻って来ています。内藤が、今、どこにいるかも突き止めました。奴は、われわれが名前や住所を突き止めたことを、まだ知らずに、悠々としているでしょう。これから、われわれは、奴の住居を包囲して逮捕します。記者さんたちに気づかれぬように、逮捕に向かいます」

「よし、出かけてくれ」

と、署長も口裏を合わせた。

亀井が、効果係よろしく、椅子をがたがたいわせ、部屋のドアを勢いよく開けた。

三人は、別の部屋に移動した。

署長は、小さく溜息をついてから、煙草に火をつけた。

「うまくいくと、思うかね？」

と、署長は、十津川にきいた。

「犯人が、あの盗聴マイクを聞いていれば、必ず成功します。あわてて逃げ出して、どこかで網にかかりますよ」

「もし、聞いていなかったら？」

「聞いていると思います。内藤は、上野に戻って来ました。犯行現場に、といってもいいと思います。そんな人間は、警察の動きが気にならないはずがありません。だから、じっと耳をすませていたはずですよ」

十津川は、自信を持っていった。

あとは、犯人が、どのルートで逃げるかである。

署長は、煙草をくわえたまま、窓の外に広がる夜の闇を睨んでいた。

十津川は、何か連絡が入れば、自分も、すぐ駈けつける気だった。

なかなか電話が、鳴らなかった。

(早く逃げ出すんだ!)

と、頭の中で、十津川は、犯人に向かって怒鳴った。

三十分、四十分と、時間が経過していく。

突然、電話が鳴った。

十津川が、受話器を、わしづかみにした。

国道4号線の千住《せんじゅ》新橋付近に配置した刑事の一人からだった。

「今、問題の赤いファミリアが現われ、強引に検問を突破しました。パトカー二台が追跡しています!」

「内藤と女は、乗っていたか?」

「乗っていました」

「よし」

と、十津川は、大きく肯いた。

内藤は、巣から飛び出したのだ。

検問は強引に突破されたが、パトカーが二台追っているというし、国道4号線には、これから埼玉県警に連絡して、新しく検問を設けることも可能だ。

署長に、埼玉県警への連絡を頼んでおいて、十津川は、亀井と二人で、部屋を飛び出した。

捜査本部に、じっとしてはいられなかったのだ。

二人は、パトカーに乗ると、千住新橋に向かって飛び出した。

内藤の赤いファミリアを追いかけているパトカーからの無線電話が、どんどん入ってくる。

「サイレンを鳴らしているが、相手は、止まりません！」

「まだ、国道4号線を走っているのか？」

「草加《そうか》市内を抜け、浦和市内に入りました」

「埼玉県警に依頼して、17号線に、検問所を設けてもらうことになっている」

と、十津川はいった。

「じゃあ、相手は、袋の鼠ですね。くそっ、どけ！」

「どうしたんだ？」

「のろのろ運転のトラックを怒鳴ったんです。大丈夫です。すぐ、捕まえます」

いったん、無線電話が途絶えた。

十津川たちの車も、千住新橋を渡った。

「警部！」

急に、無線電話に、弾んだ声が飛び込んできた。

「どうした？　捕まえたか？」

「赤いファミリアを押さえました。乗っていた内藤と女を逮捕しました」

「よし、ご苦労さん」

と、十津川はいった。

亀井が、スピードを上げた。サイレンが鳴り、赤色灯が激しく点滅する。

十津川は、一刻も早く、内藤という男を、自分の眼で見たかったのである。

浦和市内に入ってすぐ、道路の左側に、パトカーが二台、赤いファミリアを前後にはさむ形で停まっているのが、眼に入った。

十津川と亀井は、車を停めて、降りていった。

赤いファミリアのかげに、中年の男女が、手錠をかけられて立っていた。

「君が、内藤か？」

と、十津川は、男のほうに声をかけた。

男は、返事をせずに、じっと十津川を睨んだ。

(この男か)

と、思いながら、十津川は、相手の視線をはね返した。

眼は優しそうだ。が、唇は薄くて、冷酷に見える。

生まれ育った上野が好きな一方、平気で、何人もの人間を殺した。矛盾した性格の持ち主なのだろう。

「一億円を手に入れたあと、なぜ、上野に舞い戻ったんだ？」

と、十津川はきいた。

内藤は、眉を寄せて、考えているようだったが、

「なぜか、おれにもわからん。ほかに、行くところがないような気がしたんだ」

と、いった。

「上野に戻って、何をしていたんだ？」

十津川が、続けてきくと、内藤は、眼をむいて、

「知らなかったのか？」

「ああ。知らなかった」

「彼女の名義で喫茶店を始めたのを、本当に知らなかったのか？」

「そうか。喫茶店を始めていたのか」

「本当は、おれは――」

「上野駅で、キヨスクをやりたかったか」

「――」

内藤は、黙ってしまった。

内藤と有田伸子は、ほかのパトカーに乗せられ、捜査本部に向かって走り出した。

十津川は、自分たちのパトカーに戻ると、助手席に腰を下ろして、ゆっくりと煙草に火をつけた。

亀井も、運転席に腰を下ろした。

「どうでした？　内藤という男の印象は？」

と、亀井がきいた。

「そうだな」

と、十津川は、短くいい、そのまましばらく黙っていた。

「いつも、犯人に会うたびに思うんだよ。なぜこんな奴がとね。今日も同じさ」

解説

郷原　宏（文芸評論家）

松本清張に『点と線』（一九五八）という名作があります。九州で起きた殺人事件の容疑者が犯行時刻には北海道にいたという謎を警視庁と福岡県警の二人の刑事が追及するアリバイ崩しの本格物ですが、事件の背景に官庁汚職が描かれているところから、同じ年に刊行された『眼の壁』とともに、社会派ミステリーの第一作ともされています。また、この作品では鉄道の時刻表が重要なトリックとして使われ、警視庁の刑事が犯人を追って日本列島を縦断するところから、やがてブームを迎えるトラベル・ミステリーの発車ベルを鳴らした作品としても知られています。

『点と線』という題名を考えたとき、清張の念頭にあったのは旧国鉄の列車運行表《ダイヤグラム》だったそうですが、いわれてみればなるほど、鉄道は点と線から成り立っています。点は駅で、線は線路です。点と点を結ぶ線の上を列車が走ります。列車は停止している

ときは点ですが、走り出すと線になります。その線の途中に、また沢山の点がありま
す。それらの点と線が幾重にも重なり合って、日本中に稠密《ちゅうみつ》な鉄道網が張りめぐらさ
れています。その便利さ、速さ、正確さ、安全性などすべての点で、日本ほど鉄道の
完備した国はありません。この国で鉄道ミステリーやトラベル・ミステリーが盛んに
なったのは当然のことだといっていいでしょう。

推理小説はすべて点と線の物語です。この場合の点は謎、線はストーリーです。謎
という名の始発駅を発車したミステリー列車は、論理的な展開という名の線路を通っ
て、意外な結末という名の終着駅をめざします。途中でいくつも怪しげな駅があらわ
れたり、北へ向かっていたはずの列車がいきなり南へ向かって走り出したりすること
はあっても、謎から結末へという物語の基本路線は変わりません。その意味で、推理
小説は疑いもなく軌道の定まった定型小説《フォーミユラ・ノベル》です。

ただし、実際の鉄道では、あらかじめ点と線の位置が決まっていて、二点間を結ぶ
線が短ければ短いほど、つまり直線に近ければ近いほど乗客に喜ばれますが、このフ
オーミユラ・ノベルでは、二点間の距離が遠ければ遠いほど、つまり線路が複雑に曲
がりくねっていればいるほど読者に喜ばれます。その意味で、推理小説の読者は疑い
もなく経済観念の希薄なロマンチストだといわなければなりません。

推理小説の点と線をそのまま鉄道の点と線に重ね合わせて描いた小説が、すなわち鉄道ミステリーです。鉄道ミステリーはコナン・ドイルの『消えた臨時列車』（一八九八）以来、英米ではすでに百年を超す伝統があり、日本にも鮎川哲也の『黒いトランク』（一九五六）や前記の『点と線』など少なからぬ名作がありますが、それを本格物にとどまらぬ広義のミステリーの一ジャンルとして確立したのは、西村京太郎氏の『寝台特急《ブルートレイン》殺人事件』（一九七八）を第一作とする「十津川警部」シリーズです。警視庁捜査一課の警部を主人公とするこの連作は、日本の推理小説史上最も息の長い、そして最も人気の高いシリーズとして定着し、同時代の多くの作家を巻き込んで史上空前のトラベル・ミステリー・ブームを作り出しました。その背景に日本の四通八達した鉄道網と、それが可能にした国内観光旅行ブームがあったことはいうまでもありません。

十津川警部シリーズは、形式と内容によって、およそ三つのグループに大別されます。

第一のグループは、特定の列車または線区名をタイトルに冠した作品群で、最も歴史が古く、作品数も圧倒的に多い。いわば十津川警部シリーズの東海道新幹線です。本書と同じ講談社文庫の収録作品でいえば、『特急さくら殺人事件』『四国連絡特急殺人事件』『寝台特急あかつき殺人事件』『特急「おき3号」殺人事件』などは、いずれもこの「列車」グループに含まれます。『終着駅《ターミナル》殺人事件』や『北帰《ほっき》行《こう》殺人事件』は題名に列車名が入っておらず、また『夜間飛行《ムーンライト》殺人事件』は列車ではなく飛行機が舞台になっていますが、基本的にはこのグループに含めていいでしょう。なお、『終着駅殺人事件』は、次に述べる「駅」シリーズの先駆的な作品と見ることもできます。

　第二のグループは、二地点で起きた殺人事件を一本の推理の線で結んだ「殺人ルート」シリーズです。これは一九八四年に講談社ノベルスの「江戸川乱歩賞作家シリーズ」の一冊として書き下ろし刊行された『オホーツク殺人ルート』が始発で、以後、『南紀殺人ルート』『阿蘇殺人ルート』『日本海殺人ルート』『釧路・網走殺人ルート』『アルプス誘拐ルート』『青函特急殺人ルート』『山陽・東海道殺人ルート』『富士・箱根殺人ルート』とつづく作品群が、いずれも講談社ノベルス→講談社文庫のルートで読者に届けられました。ミステリーの点と線を鉄道や道路で結べば、それはすなわち「殺人ルート」になるわけですから、このグループは後発ながらトラベル・ミステリーの基本に最も忠実な路線といってよさそうです。

　第三のグループは、一九八四年の『東京駅殺人事件』を始発駅として『上野駅殺人事件』『函館駅殺人事件』『西鹿児島駅殺人事件』『札幌駅殺人事件』『長崎《ナガサキ・レディ》駅殺人事件』『仙台駅殺人事件』『京都駅殺人事件』とつづく「駅」シリーズです。第一、第二のグループが「線」のミステリーだとすれば、これはさしずめ「点」のミステリーで、人生の交差点ともいうべき駅を舞台に、さまざまな運命のドラマが繰り広げられます。「線」のミステリーは昔からありましたが、このように「点」に特化した劇場型のミステリーは西村氏の新発明だといっていいでしょう。

この三つのグループのほかに、『十津川警部の怒り』『十津川警部の困惑』『十津川警部の逆襲』など、いずれも「十津川警部の」と冠した一連の作品群がありますが、これは連作短編集の総題であって、作品そのもののタイトルではありません。したがって、書誌学的にはともかく、形式分類論としては前記三グループのいずれかに含めていいと考えられます。『寝台特急六分間の殺意』『特急「にちりん」の殺意』『最終ひかり号の女』などについても同じことがいえます。

このように、ひとくちにトラベル・ミステリーといっても、その内容は決して一様ではありません。同じ十津川警部シリーズの、同じ「列車」シリーズのなかにも、亀井刑事を事実上の主人公にした作品もあれば、日下刑事の活躍に焦点を合わせた作品もあります。犯人の性格や手口、トリックやアリバイの種類まで勘定に入れれば、おそらく作品の数ほどの分類法が考えられます。つまり、西村氏のトラベル・ミステリーは、それほど間口が広く、また奥ゆきの深い世界なのです。

さて、この『上野駅殺人事件』は、「駅」シリーズの第二作として、一九八五年六月に光文社カッパ・ノベルスから書き下ろし刊行されました。そのノベルス判の「著者のことば」で、西村氏はこう述べています。

「東京駅はスマートで、無表情で、いかにも都会という感じがする。ここでは、別れも事務的に見える。それに比べて、上野駅は泥臭くて、表情が豊かで、東京の一角にありながら、東北の匂いがする。

東北・上越新幹線の駅が完成しても、この感じは変わらないだろうが、ここで起きる犯罪はどうだろうか？」

上野駅は昔から東北人の心のふるさととして、さまざまな歌にうたわれてきました。岩手出身の石川啄木は、

ふるさとの訛《なまり》なつかし
停車場の人ごみの中に
そを聴きにゆく

とうたいましたし、作中で「亀井さんも、東北の方ですか?」と聞かれた亀井刑事は、「実は、そうなんです。だから、上野駅が好きでしてね」と答えています。つまり、この作品は、上野駅を舞台にした、上野駅が好きでたまらない人々の物語なのです。

この作品が書かれた一九八五年当時、上野駅はまだ国鉄の駅でした。国鉄改革法案が成立したのはその翌年の十一月、国鉄の分割民営化にともなって上野駅がJR東日本に編入されたのは二年後の一九八七年四月のことです。東北新幹線が開業したのは三年前の八二年六月ですが、当時は大宮が始発駅で、大宮―上野間はまだ工事中でした。「東北・上越新幹線の駅が完成しても」とあるように、上野駅地下の新幹線ホームは、そのころまさに完成したばかりだったのです。

その生まれ変わりつつある上野駅の周辺で、ホームレスをねらった連続殺人事件が発生します。死因はいずれも青酸化合物による中毒死でした。やがてKと名乗る男から駅長あてに八千万円を要求する脅迫状が届きますが、犯人像はもとより犯行の動機も謎に包まれています。なぜホームレスが狙われるのか。なぜ八千万円という半端な金額なのか。そして東北・上越新幹線の開業の日に地下三階で爆発が起き、事件の謎はさらに深まっていきます。

　この物語の主人公は、十津川警部でもなければ上野駅長でもありません。それは東北の玄関口として毎日六十数万人の乗降客、乗換客の人生の光と影を見つめてきた上野駅の駅舎そのものです。物語の舞台であると同時にその主人公でもあるような不思議な劇場空間。小説巧者の西村氏が、この作品で、そしてこの「駅」シリーズで描き出して見せたのは、このような人間劇場の彩なす人生ドラマだといっていいでしょう。

　西村京太郎の読者の辞書に、昔も今も「退屈」という文字はありません。

一九八五年六月　カッパ・ノベルス
一九八九年四月　光文社文庫

上野駅殺人事件《うえのえきさつじんじけん》
西村京太郎《にしむらきょうたろう》

2017年２月15日第１刷発行

発行者――鈴木　哲
発行所――株式会社　講談社
東京都文京区音羽2-12-21　〒112-8001
電話　出版（03）5395-3510
　　　販売（03）5395-5817
　　　業務（03）5395-3615
Printed in Japan

講談社文庫
定価はカバーに
表示してあります

デザイン―菊地信義
本文データ制作―講談社デジタル製作
印刷―――株式会社廣済堂
製本―――株式会社大進堂

ISBN978-4-06-293584-5

講談社文庫刊行の辞

二十一世紀の到来を目睫に望みながら、われわれはいま、人類史上かつて例を見ない巨大な転換期をむかえようとしている。

世界も、日本も、激動の予兆に対する期待とおののきを内に蔵して、未知の時代に歩み入ろうとしている。このときにあたり、創業の人野間清治の「ナショナル・エデュケイター」への志を現代に甦らせようと意図して、われわれはここに古今の文芸作品はいうまでもなく、ひろく人文・社会・自然の諸科学から東西の名著を網羅する、新しい綜合文庫の発刊を決意した。

激動の転換期はまた断絶の時代である。われわれは戦後二十五年間の出版文化のありかたへの深い反省をこめて、この断絶の時代にあえて人間的な持続を求めようとする。いたずらに浮薄な商業主義のあだ花を追い求めることなく、長期にわたって良書に生命をあたえようとつとめるところにしか、今後の出版文化の真の繁栄はあり得ないと信じるからである。

同時にわれわれはこの綜合文庫の刊行を通じて、人文・社会・自然の諸科学が、結局人間の学にほかならないことを立証しようと願っている。かつて知識とは、「汝自身を知る」ことにつきていた。現代社会の瑣末な情報の氾濫のなかから、力強い知識の源泉を掘り起し、技術文明のただなかに、生きた人間の姿を復活させること。それこそわれわれの切なる希求である。

われわれは権威に盲従せず、俗流に媚びることなく、渾然一体となって日本の「草の根」をかたちづくる若く新しい世代の人々に、心をこめてこの新しい綜合文庫をおくり届けたい。それは知識の泉であるとともに感受性のふるさとであり、もっとも有機的に組織され、社会に開かれた万人のための大学をめざしている。大方の支援と協力を衷心より切望してやまない。

一九七一年七月

野間省一

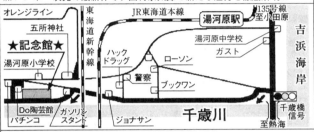

講談社文庫 最新刊

有川 浩
旅猫リポート
秘密を抱く青年と一匹の猫は〝最後の旅〟に出た。忘れ難い風景に満ちた傑作ロードノベル。

松岡圭祐
水鏡推理Ⅵ
〈クロノスタシス〉
過労死続出のブラック官庁。腐った隠蔽体質に真っ向挑むノンキャリ女子の人気シリーズ。

青柳碧人
浜村渚の計算ノート 7さつめ
〈悪魔とポタージュスープ〉
「不可能」という名の立方体に人質が閉じ込められた！ 浜村渚が数学的な解決に挑む。

綾辻行人
どんどん橋、落ちた
〈新装改訂版〉
超難問・驚愕必至の〝犯人当て〟傑作集が新装改訂版で登場。綾辻行人があなたに挑戦！

鳥羽 亮
かげろう妖剣
〈駆込み宿 影始末〉
忍び集団・闇蜘蛛ら夢幻流の遣い手が御助け人宗八郎らを追い詰める！〈文庫書下ろし〉

西村京太郎
上野駅殺人事件
東北・上越新幹線の上野駅開業の日に、地下三階で爆発事故が発生。十津川警部の推理は？

二上 剛
黒薔薇 刑事課強行犯係 神木恭子
新人・神木担当の殺人事件は警察内の悪へと繋がっていく。元刑事による本物の警察小説。

森 博嗣
迷宮百年の睡魔
〈LABYRINTH IN ARM OF MORPHEUS〉
座標。自己。生死。すべては、不確定だ。あらゆる前提を覆す至高の百年シリーズ第二作！

佐々木裕一
若返り同心 如月源十郎
〈闇の顔〉
秘薬で若返り敵を斬る隠居老人の痛快時代小説。奇跡の秘薬をついに将軍も探し始めた！

竹本健治
囲碁殺人事件
伝説のゲーム3部作第1弾！ 天才少年囲碁棋士・牧場智久が首無し屍体の謎に挑む！

三木 卓
K
解説=永田和宏、年譜=若杉美智子
詩への志を抱く者同士として出会い、結婚したK。幼い娘と繭のなかのように暮らし、詩作や学問に傾注していった彼女の孤高の魂を丁寧に描き出した正真の私小説。
978-4-06-290337-0 みE4

吉田健一
昔話
解説=島内裕子、年譜=藤本寿彦
ホメロスからワイルド、清少納言に鷗外まで。古今東西を渉猟し、深い教養と洞察力で世界を読み解く最晩年の文明批評。吉田文学の最高の入門書にして、到達点。
978-4-06-290338-7 よD21

モーム 行方昭夫 訳
聖火
解説=行方昭夫、年譜=行方昭夫
第一次大戦後の英国上流家庭で起きた青年の死の謎を巡り、推理小説仕立てで進む問題劇。二十世紀随一の物語作者が渾身の力を注ぎ、今も英国で上演される名戯曲。
978-4-06-290330-1 モB1

講談社文庫　目録

永嶋恵美　擬態
中川一徳　メディアの支配者(上)(下)
永井均／内田かずひろ 絵　子どものための哲学対話
なかにし礼　戦場のニーナ
なかにし礼　生きる力〈心でがんに克《か》つ〉
中路啓太　火ノ児の剣
中路啓太　裏切り涼山
中路啓太　己惚れの記
中島たい子　建てて、いい？
中村文則　最後の命
中村文則　悪と仮面のルール
中田整一　トレイシー〈日本兵捕虜秘密尋問所〉
中田整一 編/解説　真珠湾攻撃総隊長の回想〈淵田美津雄自叙伝〉
中村江里子　女四世代、ひとつ屋根の下
南淵明宏　異端のメス〈心臓外科医が教える病院のウソを見抜く方法！〉
中野美代子　カスティリオーネの庭
中野孝次　すらすら読める方丈記
中野孝次　すらすら読める徒然草
中山七里　贖罪の奏鳴曲《ソナタ》
中山七里　追憶の夜想曲《ノクターン》
長島有里枝　背中の記憶
長浦京　赤刃《セキジン》
中澤日菜子　お父さんと伊藤さん
西村京太郎　名探偵が多すぎる
西村京太郎　ある朝 海に
西村京太郎　脱出
西村京太郎　四つの終止符
西村京太郎　おれたちはブルースしか歌わない
西村京太郎　名探偵も楽じゃない
西村京太郎　悪への招待
西村京太郎　七人の証人
西村京太郎　ハイビスカス殺人事件
西村京太郎　炎の墓標
西村京太郎　特急さくら殺人事件
西村京太郎　変身願望
西村京太郎　四国連絡特急殺人事件
西村京太郎　午後の脅迫者
西村京太郎　太陽と砂
西村京太郎　寝台特急あかつき殺人事件
西村京太郎　日本シリーズ殺人事件
西村京太郎　L特急踊り子号殺人事件
西村京太郎　寝台特急「北陸」殺人事件
西村京太郎　オホーツク殺人ルート
西村京太郎　行楽特急《ロマンスカー》殺人事件
西村京太郎　南紀殺人ルート
西村京太郎　特急「おき3号」殺人事件
西村京太郎　阿蘇殺人ルート
西村京太郎　日本海殺人ルート
西村京太郎　寝台特急六分間の殺意
西村京太郎　釧路・網走殺人ルート
西村京太郎　アルプス誘拐ルート
西村京太郎　特急「にちりん」の殺意
西村京太郎　青函特急殺人ルート
西村京太郎　山陽・東海道殺人ルート
西村京太郎　十津川警部の対決
西村京太郎　南神威島
西村京太郎　最終ひかり号の女

西村京太郎　富士・箱根殺人ルート
西村京太郎　十津川警部の困惑
西村京太郎　津軽・陸中殺人ルート
西村京太郎　十津川警部C11を追う
西村京太郎　越後・会津殺人ルート〈追いつめられた十津川警部〉
西村京太郎　華麗なる誘拐
西村京太郎　五能線誘拐ルート
西村京太郎　シベリア鉄道殺人事件
西村京太郎　恨みの陸中リアス線
西村京太郎　鳥取・出雲殺人ルート
西村京太郎　尾道・倉敷殺人ルート
西村京太郎　諏訪《すわ》・安曇野《あずみの》殺人ルート
西村京太郎　哀しみの北廃止線
西村京太郎　伊豆海岸殺人ルート
西村京太郎　倉敷から来た女
西村京太郎　南伊豆高原殺人事件
西村京太郎　消えた乗組員《クルー》
西村京太郎　東京・山形殺人ルート
西村京太郎　八ヶ岳高原殺人事件

西村京太郎　消えたタンカー
西村京太郎　会津高原殺人事件
西村京太郎　超特急「つばめ号」《イベント・トレイン》殺人事件
西村京太郎　北陸の海に消えた女
西村京太郎　志賀高原殺人事件
西村京太郎　美女高原殺人事件
西村京太郎　十津川警部　千曲川に犯人を追う
西村京太郎　北能登殺人事件
西村京太郎　雷鳥九号《サスペンス・トレイン》殺人事件
西村京太郎　十津川警部　白浜へ飛ぶ
西村京太郎　上越新幹線殺人事件
西村京太郎　山陰路殺人事件
西村京太郎　十津川警部　みちのくで苦悩する
西村京太郎　殺人はサヨナラ列車で
西村京太郎　日本海からの殺意の風〈寝台特急「出雲」殺人事件〉
西村京太郎　松島・蔵王殺人事件
西村京太郎　四国情死行
西村京太郎　十津川警部　愛と死の伝説(上)(下)
西村京太郎　竹久夢二　殺人の記

西村京太郎　寝台特急「日本海」《メモリー・トレイン》殺人事件
西村京太郎　十津川警部　帰郷・会津若松
西村京太郎　特急「あずさ」《アリバイ・トレイン》殺人事件
西村京太郎　特急「おおぞら」《ハイデッカー・エクスプレス》殺人事件
西村京太郎　寝台特急「北斗星」《ロイヤル・トレイン》殺人事件
西村京太郎　十津川警部　姫路・千姫殺人事件
西村京太郎　十津川警部の怒り
西村京太郎　新版　名探偵なんか怖くない
西村京太郎　十津川警部「荒城の月」殺人事件
西村京太郎　宗谷本線殺人事件
西村京太郎　奥能登に吹く殺意の風
西村京太郎　特急「北斗1号」《スーサイド・トレイン》殺人事件
西村京太郎　十津川警部「悪夢」通勤快速の罠
西村京太郎　十津川警部　五稜郭殺人事件
西村京太郎　十津川警部　湖北の幻想
西村京太郎　九州新特急「つばめ」殺人事件
西村京太郎　九州特急「ソニックにちりん」殺人事件
西村京太郎　十津川警部　幻想の信州上田
西村京太郎　高山本線殺人事件

講談社文庫　目録

西村京太郎　十津川警部 金沢・絢爛たる殺人
西村京太郎　伊豆誘拐行
西村京太郎　東京・松島殺人ルート
西村京太郎　秋田新幹線「こまち」殺人事件
西村京太郎　十津川警部 生死を分けた《トリアージ》石見銀山
西村京太郎　悲運の皇子《みこ》と若き天才の死
西村京太郎　十津川警部 長良川に犯人を追う
西村京太郎　新装版 殺しの双曲線
西村京太郎　十津川警部 西伊豆変死事件
西村京太郎　愛の伝説・釧路湿原
西村京太郎　山形新幹線「つばさ」殺人事件
西村京太郎　新装版 名探偵に乾杯
西村京太郎　十津川警部 君は、あのSLを見たか
西村京太郎　南伊豆殺人事件
西村京太郎　十津川警部 青い国から来た殺人者
西村京太郎　十津川警部 箱根バイパスの罠
西村京太郎　新装版 天使の傷痕
西村京太郎　新装版 D機関情報
西村京太郎　十津川警部 猫と死体はタンゴ鉄道に乗って

西村京太郎　韓国新幹線を追え
西村京太郎　北リアス線の天使
西村京太郎　十津川警部 長野新幹線の奇妙な犯罪
新津きよみ　スパイラル・エイジ
西村寿行　異常者
新田次郎　新装版 武田勝頼 (一)陽の巻 (二)水の巻 (三)空の巻
新田次郎　新装版 聖職の碑《いしぶみ》
新田次郎　新装版 風の遺産
日本文芸家協会編　愛染夢灯籠〈時代小説傑作選〉
日本推理作家協会編　零時の犯罪予報〈ミステリー傑作選46〉
日本推理作家協会編　殺人の教室〈ミステリー傑作選〉
日本推理作家協会編　孤独な交響曲《シンフォニー》〈ミステリー傑作選〉
日本推理作家協会編　犯人たちの部屋〈ミステリー傑作選〉
日本推理作家協会編　仕掛けられた罪〈ミステリー傑作選〉
日本推理作家協会編　隠された鍵〈ミステリー傑作選〉
日本推理作家協会編　セブン・ミステリーズ〈ミステリー傑作選〉
日本推理作家協会編　曲げられた真相〈ミステリー傑作選〉
日本推理作家協会編　ULTIMATE MYSTERY 究極のミステリー、ここにあり〈ミステリー傑作選〉
日本推理作家協会編　MARVELOUS MYSTERY 至高のミステリー、ここにあり〈ミステリー傑作選〉

日本推理作家協会編　Play《プレイ》推理遊戯〈ミステリー傑作選〉
日本推理作家協会編　Doubt《ダウト》きりのない疑惑〈ミステリー傑作選〉
日本推理作家協会編　Bluff《ブラフ》騙し合いの夜〈ミステリー傑作選〉
日本推理作家協会編　Spiral《スパイラル》めくるめく謎〈ミステリー傑作選〉
日本推理作家協会編　Logic《ロジック》真相への回廊〈ミステリー傑作選〉
日本推理作家協会編　BORDER《ボーダー》善と悪の境界〈ミステリー傑作選〉
日本推理作家協会編　Guilty《ギルティ》殺意の連鎖〈ミステリー傑作選〉
日本推理作家協会編　Shadow《シャドウ》闇に潜む真実〈ミステリー傑作選〉
日本推理作家協会編　Junction《ジャンクション》運命の分岐点〈ミステリー傑作選〉
日本推理作家協会編　Question《クエスチョン》謎解きの最高峰〈ミステリー傑作選〉
日本推理作家協会編　Symphony《シンフォニー》漆黒の交響曲〈ミステリー傑作選〉
日本推理作家協会編　Esprit《エスプリ》機知と企みの競演〈ミステリー傑作選〉
日本推理作家協会編　1ダースの殺意〈ミステリー傑作選・特別編1〉
日本推理作家協会編　殺しのルート13〈ミステリー傑作選・特別編2〉
日本推理作家協会編　真夏の夜の悪夢〈ミステリー傑作選・特別編3〉
日本推理作家協会編　57人の見知らぬ乗客〈ミステリー傑作選・特別編4〉
日本推理作家協会編　自選ショート・ミステリー〈ミステリー傑作選・特別編5〉
日本推理作家協会編　自選ショート・ミステリー2〈ミステリー傑作選・特別編6〉
日本推理作家協会編　謎 001〈東野圭吾選スペシャル・ブレンド・ミステリー〉

講談社文庫　目録

日本推理作家協会編　謎〈宮部みゆき選スペシャル・ブレンド・ミステリー〉002
日本推理作家協会編　謎〈恩田陸選スペシャル・ブレンド・ミステリー〉003
日本推理作家協会編　謎〈京極夏彦選スペシャル・ブレンド・ミステリー〉004
日本推理作家協会編　謎〈伊坂幸太郎選スペシャル・ブレンド・ミステリー〉005
日本推理作家協会編　謎〈今野敏選スペシャル・ブレンド・ミステリー〉006
日本推理作家協会編　謎〈桜庭一樹選スペシャル・ブレンド・ミステリー〉007
日本推理作家協会編　謎〈辻村深月選スペシャル・ブレンド・ミステリー〉008
日本推理作家協会編　謎〈綾辻行人選スペシャル・ブレンド・ミステリー〉009
西木正明　極楽谷に死す
二階堂黎人　地獄の奇術師
二階堂黎人　聖アウスラ修道院の惨劇
二階堂黎人　ユリ迷宮
二階堂黎人　吸血の家
二階堂黎人　私が捜した少年
二階堂黎人　クロへの長い道
二階堂黎人　名探偵水乃サトルの大冒険
二階堂黎人　名探偵の肖像
二階堂黎人　悪魔のラビリンス
二階堂黎人　増加博士と目減卿

二階堂黎人　ドアの向こう側
二階堂黎人　魔術王事件(上)(下)
二階堂黎人　軽井沢マジック
二階堂黎人　聖域の殺戮
二階堂黎人　カーの復讐
二階堂黎人　双面獣事件(上)(下)
二階堂黎人　覇王の死(上)(下)
二階堂黎人／千澤のり子　ルームシェア〈私立探偵・桐山真紀子〉
二階堂黎人編　密室殺人大百科(上)(下)
新美敬子　世界の旅猫105
西澤保彦　解体諸因
西澤保彦　七回死んだ男
西澤保彦　殺意の集う夜
西澤保彦　人格転移の殺人
西澤保彦　麦酒《ばくしゅ》の家の冒険
西澤保彦　幻惑密室
西澤保彦　実況中死
西澤保彦　念力密室！
西澤保彦　夢幻巡礼

西澤保彦　転・送・密・室
西澤保彦　人形幻戯
西澤保彦　ファンタズム
西澤保彦　生贄を抱く夜《よ》
西澤保彦　ソフトタッチ・オペレーション
西澤保彦　新装版　瞬間移動死体
西澤保彦　いつか、ふたりは二匹
西村健　ビンゴ
西村健　脱出　GETAWAY
西村健　突破　BREAK
西村健　劫火1　ビンゴR《リターンズ》
西村健　劫火2　大脱出
西村健　劫火3　突破再び
西村健　劫火4　激突
西村健　笑い犬
西村健　ゆげ福〈博多探偵事件ファイル〉
西村健　はしご〈博多探偵ゆげ福〉
西村健　完食！〈博多探偵ゆげ福〉
西村健　残火

西村　健　地の底のヤマ(上)(下)
楡　周平　青狼記(上)(下)
楡　周平　陪審法廷
楡　周平　宿命(上)(下)〈ワンス・アポン・ア・タイム・イン・東京〉
楡　周平　血戦〈ワンス・アポン・ア・タイム・イン・東京2〉
楡　周平　修羅の宴(上)(下)
楡　周平　レイク・クローバー(上)(下)
西村　滋　お菓子放浪記
西尾維新　クビキリサイクル〈青色サヴァンと戯言遣い〉
西尾維新　クビシメロマンチスト〈人間失格・零崎人識〉
西尾維新　クビツリハイスクール〈戯言遣いの弟子〉
西尾維新　サイコロジカル(上)〈兎吊木垓輔の戯言殺し〉(下)〈曳かれ者の小唄〉
西尾維新　ヒトクイマジカル〈殺戮奇術の匂宮兄妹〉
西尾維新　ネコソギラジカル(上)〈十三階段〉
西尾維新　ネコソギラジカル(中)〈赤き征裁vs.橙なる種〉
西尾維新　ネコソギラジカル(下)〈青色サヴァンと戯言遣い〉
西尾維新　ダブルダウン勘繰郎《かんぐろう》　トリプルプレイ助悪郎《スケアクロウ》
西尾維新　零崎双識の人間試験
西尾維新　零崎軋識《ぜろざききししき》の人間ノック
西尾維新　零崎曲識の人間人間
西尾維新　零崎人識の人間関係　匂宮出夢との関係
西尾維新　零崎人識の人間関係　無桐伊織との関係
西尾維新　零崎人識の人間関係　零崎双識との関係
西尾維新　零崎人識の人間関係　戯言遣いとの関係
西尾維新　難民探偵
西尾維新　xxxHOLiC　アナザーホリック　ランドルト環《かん》エアロゾル
西尾維新　少女不十分
西尾維新　本題〈西尾維新対談集〉
西村賢太　どうで死ぬ身の一踊り
仁木英之　千里伝
仁木英之　時輪の轍《わだち》〈千里伝〉
仁木英之　武《ぶ》神《しん》の賽《さい》〈千里伝〉
仁木英之　乾《けん》坤《こん》の児《こ》〈千里伝〉
仁木英之　真田を云《い》て、毛利を云わず(上)(下)〈大坂将星伝〉
西川善文　ザ・ラストバンカー〈西川善文回顧録〉
西川　司　向日葵《ひまわり》のかっちゃん
貫井徳郎　修羅の終わり
貫井徳郎　鬼流殺生祭
貫井徳郎　妖奇切断譜
貫井徳郎　被害者は誰？
A・ネルソン　「ネルソンさん、あなたは人を殺しましたか?」
野村　進　コリアン世界の旅
野村　進　救急精神病棟
野村　進　脳を知りたい！
法月綸太郎　雪密室
法月綸太郎　誰《たそ》彼《がれ》
法月綸太郎　頼子のために
法月綸太郎　ふたたび赤い悪夢
法月綸太郎　法月綸太郎の冒険
法月綸太郎　法月綸太郎の新冒険
法月綸太郎　法月綸太郎の功績
法月綸太郎　新装版　密閉教室
法月綸太郎　怪盗グリフィン、絶体絶命
法月綸太郎　キングを探せ
乃南アサ　ライン
乃南アサ　不発弾
乃南アサ　火のみち(上)(下)

2016年12月15日現在